MASALA: DREI TRÄUME

PREETHI NAIR

*Für David und Anjali. Danke, dass ihr mich auf diese Reise
begleitet habt.*

PARVATI

„Heb dich hinfort, du geisterbleiches Halsweh! Entfessle meinen Hals vom Schal und lass mich ziehen. Denn ausschreiten will ich frisch und froh und mich der Zukunft stellen."

Den Hang zur Dramatik hatte ich schon immer. Als ich etwa acht Jahre alt war, saß ich, den Schal um den Hals, zwischen meiner Tante Sheila und ihren Freundinnen und lauschte ihrem pausenlosen Geschnatter und dem Klirren ihrer Kaffeetassen. Bis ich plötzlich aufsprang, mir den Schal vom Hals riss und Argentinien anflehte, nicht um mich zu weinen. Die Tanten hielten mitten im Trinken inne und starrten mich aus großen Augen an, denn schließlich galt so ein Verhalten als nicht ganz normal. Noch heute, zwanzig Jahre später, habe ich die Melodie aus dem Musical *Evita* im Ohr, und auch die Stimme des Kindes von damals hallt in mir wider. Und dieses Kind muss ich wiederfinden.

Mein Name ist Parvati (Tochter der Berge), doch meine Adoptiveltern Tante Sheila und Onkel Bali nennen mich „Molu", was auf Malayalam so viel wie Tochter heißt. Ich glaube, das tun, sie, um sich selbst und mir zu vergewissern, dass ich wirklich ihre Tochter bin. Und so bin ich Molu

Vishavan geworden. Ich bin achtundzwanzig Jahre alt und eigentlich im Sternzeichen Krebs, aber als ich zu Tante Sheila kam, hat sie sofort meinen Geburtstag geändert, weshalb ich heute ein Skorpion bin. Tja, wenigstens ist es ein Wasserzeichen, und ich darf weiter emotional und intuitiv sein! Außerdem habe ich zwei gescheiterte Beziehungen und (seit letzter Woche) eine aufgelöste Verlobung hinter mir. Hinzu kommen ein Job, den ich hasse, und die Tatsache, dass ich weiter zu Hause bei meinen Adoptiveltern wohne. Deshalb schlafe ich bei Licht, nur für den Fall, dass mich mitten in der Nacht vielleicht jemand wecken will, um mich in ein neues Leben zu entführen.

Ich spiele mit dem Gedanken, meinen Namen zu Evita zu ändern, weil ich nicht mehr ich sein will. Wie gerne würde ich die Sicherheit meiner gewohnten behüteten Umgebung verlassen und mich in irgendein verrücktes Abenteuer stürzen. Außerdem habe ich es satt, dass die Leute meinen echten Namen „Parvati" verunstalten, indem sie ihn falsch aussprechen. Ich möchte meinen echten Namen erst benutzen, wenn ich endlich den Mut gefunden habe, nicht mehr nett zu allen sein zu wollen, was heißt, dass ich dann ihre Aussprache verbessern könnte. Allerdings würde ich gerne damit warten, bis ich das Gefühl habe, dass es wirklich mein Name ist. Denn im Moment komme ich mir weniger wie die Tochter eines Berges vor als wie die eines Hügels oder einer anderen unbedeutenden Bodenerhebung.

Ich liebäugle mit dem Namen Evita, nach Eva Perón, Schauspielerin und Aktivistin. Hoffentlich gibt es irgendwo im Universum einen Pfad oder ein Hologramm, die es mir ermöglichen würden, mir einige ihrer Eigenschaften auszuleihen: die Furchtlosigkeit und den Mut zum Beispiel. Es gibt nur eines, was mich daran hindert, Evitas Namen anzunehmen, und zwar dass ihr Leben nicht von langer Dauer war. Allerdings könnte mir trotzdem das gleiche Schicksal drohen, da Langlebigkeit bei uns offenbar nicht in der Familie liegt.

Deshalb kann ich nur hoffen, dass mein Dasein nicht auch so vorzeitig enden wird wie ihres. Aber falls ich trotzdem verfrüht abberufen werde, dann bitte in der Gewissheit, dass ich mein Bestes getan habe, um die zum Großteil von mir selbst aufgebauten Hürden zu überwinden und die Frau zu werden, die zu sein mir bestimmt war.

Ich weiß, dass ich, wie meine Ammamma zu sagen pflegte, auf mein Herz hören muss, um diese Reise anzutreten. „Dein Herz kennt den Weg." Ihr eigenes muss wohl irgendwann einen kleinen Aussetzer gehabt haben, denn ich verstehe noch immer nicht ganz, warum sie mich zu den Vishavans geschickt hat. Es hat mir auch nie jemand erklärt.

Aus einer ganzen Reihe von Gründen bleibt mein Herz unzugänglich und ist gefesselt von den Träumen und Erwartungen, die andere Menschen für beziehungsweise an mich haben. Es gelingt mir einfach nicht, diese Fesseln zu lösen und mich zu befreien, und außerdem leide ich immer wieder an Halsentzündungen, die den Ärzten rätselhaft sind. Also tröste ich mich damit, dass ich mir einen Schal umbinde, zur Schmerzlinderung fast eine halbe Flasche Brandy in mich hineinkippe und mir Aufnahmen von *Evita* anhöre. Das ist keine zukunftsgerichtete Lösung. Außerdem weiß ich, dass der Weg zu meinem Herzen vorbei an diesem wilden, ungebärdigen Kind führt, das ich einmal gewesen bin. Meine letzte Begegnung mit diesem hemmungslos ausgelassenen Wesen fand statt, als ich neun Jahre alt war und im Krippenspiel in der Schule die Jungfrau Maria darstellte. Seitdem musste ich es mäßigen.

Mit neun jedoch betrachtete ich den arglos lächelnden kleinen Josef und fragte mich, warum er denn bloß ein Geschirrtuch auf dem Kopf hatte. Und warum ich selbst ebenfalls eines trug. Während der Erzengel Gabriel und die drei Schäfer sich gähnend mit dem Stand der Dinge abfanden, überlegte ich weiter, wie es mir wohl gelungen sein mochte, ein Jesuskind zu empfangen, das nicht dunkelhäutig war.

Dann nahm ich das Jesuskind aus Plastik und schleuderte es mitten ins Publikum, wo meine Tante Sheila saß. Als sie finstere und tadelnde Blicke mit ihren Sitznachbarn wechselte, wusste ich, dass es von nun an vermutlich schwierig werden würde.

Das soll nicht heißen, dass es davor nicht auch schon schwierig gewesen wäre. Nachdem meine Eltern bei einem Unfall ums Leben gekommen waren, hatte mich eine lange, staubige Straße bis zur Tür der Vishavans geführt. Erst gestern noch hatte ich fröhlich auf der Farm meiner Großmutter mit den Kühen und Hühnern gespielt, und heute stand ich plötzlich auf einer Türschwelle im dunklen, kalten London. Ich erinnere mich lieber nicht an die genauen Einzelheiten, wie ich dorthin gekommen bin. Jedenfalls haben Tante Sheila und Onkel Bali mich großgezogen.

Onkel Bali war der Bruder meines Vaters. Das behauptete er wenigstens. Meine Tante und mein Onkel sind sehr praktische Menschen, weshalb es streng verboten war, das Reich der Realität zu verlassen und sich in Fantastereien und freiem Denken zu verlieren. Wer sich nicht daran hielt, musste büßen: Bestenfalls erntete ich missbilligende Blicken von Tante Sheila. Schlimmstenfalls geschah etwas, das meine Furcht vor dem Verlassenwerden aufs Neue weckte, was mich immer tiefer in einen Menschen hineintrieb, der ich eigentlich gar nicht bin.

Und so ist es mir gelungen, mich in eine kleine Flasche zu zwängen wie eine zusammengerollte Flaschenpost, die nun schon so lange auf den Wellen der Erwartungen meiner Mitmenschen treibt. Einerseits sehne ich mich verzweifelt danach, dass diese Flasche zerbricht, andererseits bin ich nicht sicher, was ich in diesem Fall tun soll.

Ich war erschöpft von den Versuchen, den Mut für die große Flucht aufzubringen. Und so schloss ich eines Sonntagabends die Augen und fiel in einen tiefen Schlaf. Den ganzen Traum habe ich nicht mehr parat, aber ich kann mich noch an

Bruchstücke erinnern: eine dunkelhäutige, geheimnisvolle Frau mit riesigen goldenen Armreifen. Meine Ammamma erschien, und auch ein vertrauter violetter Berg. Dann, kurz vor dem Aufwachen, sah ich ein wirbelndes Fraktalmuster aus blauen, orangefarbenen und grünen geometrischen Formen. In diesen Formen entstanden weitere Formen, die alle vor mir tanzten. Als ich die Augen aufschlug, konnte ich sie immer noch in der Luft schweben sehen. Sie verwandelten sich in das makellos angeordnete, kunstvoll verwobene Netz eines Traumfängers. Und aus der Mitte dieses Netzes tauchte ein Traumtänzer auf und wirbelte vor mir herum.

„Komm, folge mir", raunte er.

Ich bereute, dass ich Brandy in mich hineingekippt hatte, um die Halsschmerzen zu betäuben. Dennoch richtete ich mich mühsam auf, fest entschlossen, die Wirklichkeit im Griff zu behalten.

„Komm, folge mir", hörte ich die Stimme wieder flüstern.

Obwohl ich sicher war, dass meine Ohren mich nicht getäuscht hatten, befürchtete ich, den Verstand zu verlieren. Also schaltete ich rasch das Radio ein und ging duschen.

Am nächsten Tag herrschte Frost. Ich fuhr mit der U-Bahn Richtung Baker Street zur Arbeit und hoffte, dass die beiden Becher mit starkem Kaffee, die ich unterwegs gekauft hatte, die Wirkung des Brandys verdünnen würden. Ein paar Plätze weiter saß eine dunkelhäutige Frau mittleren Alters. Sie war in einen wundervollen Magentaton gehüllt, hatte mehrere goldene Armreifen umgelegt und sah der Frau in meinem Traum gar nicht so unähnlich. Rasch leerte ich den ersten Kaffeebecher und machte mich über den zweiten her.

Ich versuchte, sie zu betrachten, ohne dass sie es bemerkte. Die Frau hatte keinen Mantel an. Außerdem schien Diebstahl für sie ein völlig abwegiges Konzept zu sein, denn sie stellte ihren Schmuck völlig unbefangen zur Schau. Ihre Nägel waren rosafarben lackiert, aber der Lack war abgeblättert, was mich ein wenig beruhigte, weil das hieß, dass sie keine überirdische Geistererscheinung, sondern ein ganz gewöhnlicher, mit Makeln behafteter Mensch war. Deshalb lächelte ich ihr zu. Sie erwiderte die Geste, worauf ich mich erleichtert abwandte, froh, weil sie normal war, was demzufolge – noch wichtiger – auch für mich galt. In der Fensterscheibe konnte ich ihr Spiegelbild sehen.

„Folge ihm", formte die Frau in Magenta mit den Lippen.

Entgeistert starrte ich sie an. Sie stand auf, um auszusteigen. Als die Türen des Waggons sich öffneten, drehte sie sich noch einmal zu mir um. „Du hast ihn gesehen. Folge ihm einfach."

Sie stieg aus, die Türen schlossen sich wieder. Am liebsten hätte ich sie gebeten zu bleiben, oder wäre ihr nachgelaufen. Aber ich war wie erstarrt. Es geschieht mir oft, dass ich erstarre. Und als ich mich wieder gefasst hatte, war sie schon fort.

„Haben Sie das gehört? Haben Sie gehört, was diese Frau gerade gesagt hat?", hätte ich den anderen Fahrgästen im Waggon am liebsten zugerufen. Aber ich will ja, dass alle mich mögen. Und da ich Angst hatte zu stören und keine Aufmerksamkeit erregen wollte, leerte ich stattdessen meinen zweiten Kaffeebecher.

Offenbar hatten die übrigen Pendler nichts bemerkt und setzten einfach, jeder in seine Gedanken versunken, ihre Fahrt fort. Einige schliefen mit halb offenen Mündern und schreckten jäh hoch, wenn ihre Haltestelle kam. Wie gerne hätte ich auch die Augen geschlossen und wünschte mir, dieselbe geheimnisvolle Macht würde auch mich in den Autopilot-Modus versetzen. Ich wollte keine Dinge sehen, die meine Mitmenschen nicht sehen konnten. Ich wollte diesen Weg nicht allein gehen.

Der U-Bahn fuhr in den Bahnhof Baker Street ein.

· · ·

Mein Job ist wohl der langweiligste und monotonste, den es je in der Geschichte der Wirtschaftsmagazine gegeben hat: Ich führe Telefonbefragungen durch. Seit ich die Stelle vor etwa drei Jahren angetreten habe, würde ich am liebsten kündigen. Doch vergleichbar mit dem Verhältnis zu meiner Familie, habe ich zu meinem Arbeitsplatz eine dem Stockholm-Syndrom ähnelnde Hassliebe entwickelt. Es ist ein Gemütszustand, der dafür sorgt, dass man sich innerhalb der engen Grenzen einer beschränkten Komfortzone irgendwann wohlfühlt. Und obwohl man weiß, wie toxisch diese Situation ist, kann man ihr nicht entrinnen.

Den Großteil des Tages verbringe ich damit, die CEOs von Fortune-500-Unternehmen anzurufen und sie zu fragen, wie sie ihr Geld investieren. Dazu arbeite ich einen Fragebogen zu den Themen Derivate, Swaps und Wechselkurse ab. Das klingt komplizierter, als es ist, denn alle Fragen sind vorformuliert, sodass ich sie nur abzulesen und Unmengen von Kästchen anzukreuzen brauche. Eigentlich mache ich nichts anderes als eine Telefonistin in einem Callcenter, doch da ich mich offenbar geschickt anstelle, habe ich die meisten „Treffer" unter allen Kolleginnen und Kollegen. Der Großteil der CEOs auf meiner Liste ist bereit, mit mir zu sprechen. Und das liegt daran, dass ich ihnen das Gefühl vermittle, wichtig zu sein.

Den ausgefüllten Fragebogen gebe ich an Sam Peterson weiter, ein Strebertyp und unser Datenanalyst. Dann nehme ich mir den nächsten Namen auf meiner Kontaktliste vor, und das Spiel beginnt von neuem. Oft überlege ich mir, wie um alles in der Welt ich nur in diese Lage geraten bin. Vielleicht war es die Formulierung in der Stellenanzeige – „Arbeiten nach Skriptvorlage" –, die mich angelockt hat. Denn ich will Schauspielerin werden, seit ich denken kann. Schon als ich drei oder vier war, habe ich zu den Stücken getanzt, die mein Vater Raman auf seiner Sitar spielte.

„Komm, Parvi, sing mit." Das ist eigentlich alles, was ich von ihm noch im Gedächtnis habe. Das und der Geruch der

Zimtstangen, die er kaute. Meine Mutter Nirmilla saß bei uns und brachte mir die Tonleitern bei, während mein Vater sie auf der Sitar begleitete. Dann sangen wir und unterhielten meine Großeltern, die bei uns gegenüber wohnten. Als meine Eltern starben, zog ich zu ihnen und amüsierte sie damit, dass ich die Arbeiter auf ihrer Farm nachahmte. Ammamma konnte nicht genug von meinem Theaterspiel kriegen, obwohl es sicher nicht sonderlich gut war.

Als ich Tante Sheila eröffnete, dass ich Schauspielerin werden wollte, fiel sie beinahe in Ohnmacht. Das war kurz nach dem Debakel mit dem Jesuskind, und rückblickend betrachtet glaube ich, dass sie einfach nicht viel von meinen schauspielerischen Fähigkeiten hielt. Ihre Vorstellung von einer Schauspielerin sah nämlich in etwa so aus: Eine Inderin in einem am Körper klebenden nassen Sari tänzelt wie eine Elfe auf Droge im Regen herum und trällert dabei irgendein albernes Liedchen. Im nächsten Moment springt ihr Geliebter wie ein Exhibitionist hinter einem Baum hervor, worauf sie kokett hin und her trippelt und seine Aufmerksamkeiten abwehrt. Nachdem die beiden einander einige Male um eben diesen Baum gejagt haben, beginnen sie plötzlich, wie die Wilden im Disco-Beat zu tanzen. „Anstößige" Liebeszenen wie diese hatten sich für immer ins Gedächtnis meiner Tante eingegraben und prägten von nun an ihr Bild von der Tätigkeit einer Schauspielerin.

„*Chi* (Ausdruck des Ekels), warum gehen die nicht arbeiten wie anständige Leute?", lautete ihr Kommentar, wann immer wir uns gemeinsam einen Bollywood-Film ansahen. Ich versuchte, sie dazu zu überreden, mit mir ins Theater zu gehen. Aber sie verstand einfach nicht, was jemanden dazu bewegen mochte, sich zu verkleiden und in die Rolle eines anderen zu schlüpfen. Tante Sheila steht mit beiden Beinen auf dem Boden der Wirklichkeit. Deshalb war es zwecklos, sie überreden zu wollen, mich auf eine Schule mit Schwerpunkt Theater zu schicken. Sie entschied, welche Schule ich besuchte, und auch, welches Fach ich später studierte. Es klingt wie eine faule Ausrede, wenn ich sage, dass ich den Weg des geringsten Widerstandes ging und ihr den Gefallen tat. Mir kam es eben vor allem darauf an, Unfrieden zu vermeiden. Schließlich war die Lage bei uns zu Hause schon angespannt genug.

Bei der Arbeit lese ich den Fragenbogen manchmal mit unterschiedlichen Akzenten ab, um für Abwechslung zu sorgen. Der amerikanische Akzent kam offenbar recht gut an, und dasselbe galt für den italienischen. Der nigerianische Akzent stieß bei den CEOs offenbar auf weniger Gegenliebe, denn ich brauchte damit eine Ewigkeit, um mich verständlich zu machen. Ständig musste ich mich wiederholen, bis sie die Geduld verloren. Hin und wieder fingen diese Wirtschaftsbosse auch an, mit meinen erfundenen Personen zu flirten, was dazu führte, dass ich ganze fiktionale Biografien entwickelte. Leider gelang es mir nur so, die Tage zu überstehen. Und außerdem dadurch, dass ich jede Gelegenheit nutzte, um ins Kino oder ins Theater zu gehen.

Letzte Woche hat mich mein Chef dabei erwischt, wie ich Akzente nachahmte. Prompt flippte er aus und brüllte, wir seien hier nicht in irgendeinem schmuddeligen Callcenter. Als er immer weiter herumtobte und schrie, dachte ich schon, er würde mich rausschmeißen. Aber er sagte nur, ich solle eine Pause machen. Und so wollte es der Zufall, dass ich durch die Straßen schlenderte und Avinash, meinen Verlobten, mit den Fingern in den Locken eines anderen Mannes erwischte. Es war keine Geste à la „Oh, du hast da was in den Haaren. Ich hole es rasch raus“, sondern ziemlich intim. Wenn ich ehrlich bin, war ich eher erschrocken und enttäuscht als todtraurig. Und das auch nur, weil dadurch eine geplante Fluchtroute hinfällig geworden war.

Als ich Avinash zur Rede stellte, war er erleichtert und machte mir ein Angebot: Ich könnte ihn trotzdem heiraten und dann mein eigenes Leben führen. Er würde mich finanziell unterstützen, während ich tun und lassen könnte, was mir gefiele. Auf diese Weise wären alle beteiligten Parteien zufrieden. Er gab mir ein Wochenende Bedenkzeit. Im ersten Moment fand ich die Vorstellung wirklich recht verlockend. Vielleicht war das ja ein Ausweg für mich. Schließlich gab es in vielen Ehen unausgesprochene Übereinkünfte, nur dass bei uns die Karten von vorneherein auf dem Tisch liegen würden. Die Alternative war, Tante Sheila und Onkel Bali zu eröffnen, dass die von ihnen arrangierte Hochzeit nun nicht stattfinden würde. Ich überlegte. Und meine Unfähigkeit, die Wahrheit zu sagen führte wieder einmal dazu, dass sich ein Brennen in meiner Kehle ausbreitete. Die Folgen waren das Fiasko mit dem Brandy und alles, was danach geschah.

Als ich am Montagmorgen ins Büro kam, war ich völlig verwirrt. Ich konnte nicht genau benennen, was da eigentlich mit mir geschehen war. Hatte sich das alles wirklich ereignet? Hatte ich den Traumtänzer gesehen? War das die Aufforderung, endlich zu gehen? Ich setzte mich an meinen Schreibtisch und nahm den Fragebogen und die Liste der heute anzurufenden Kontakte zur Hand. Einige Kolleginnen erkundigten sich, ob ich mich inzwischen besser fühlte, denn ich hatte mich nach der Begegnung mit Avinash und seinem Freund krankgemeldet. „Ja, viel besser", log ich, wobei ich hoffte, dass ich keine Anzeichen für psychische Instabilität an den Tag legte. Dann saß ich da und starrte aus „meinem" Fenster.

Das Büro besaß zwei große Fenster. An einem von ihnen sitzen zu dürfen, war ein Privileg. Ich hatte den Platz „eingesackt", als meine Freundin Elaine, die früher dort gesessen hatte, endlich so mutig gewesen war zu kündigen. Meine Kolleginnen überließen ihn mir nur, weil sie den Ausdruck „einsacken" zum Totlachen fanden. „Das Fenster einsacken", so lauteten die genauen Worte, ausgesprochen, während Elaines Bürobriefpapier neu verteilt wurde. Allerdings waren diese Fenster stets fest geschlossen. Jeden Tag versuchte ich, meines aufzustemmen, aber vergeblich. Und so stauten sich die Spannungen den ganzen Tag über im Büro an und verschwanden erst, wenn alle den Raum verließen.

Die größte Spannungsquelle war mein Chef, der sich die letzten verbliebenen Strähnen seines gefärbten Haars über die Glatze kämmte und sich mithilfe altmodischer Hosenträger in seine schlecht sitzende Hose schnallte. Eigentlich hielt er sich meistens in seinem eigenen Büro auf, was die Sache erträglicher machte. Nur, dass er sich in letzter Zeit angewöhnt hatte, sich an uns anzuschleichen, während wir gerade telefonierten. Kaum hatte ich letzte Woche nach einer Brigitte-Bardot-Imitation aufgelegt, als er schon, hochrot im Gesicht, plötzlich aus dem Nichts hervorsprang und begann, mich anzuschreien. Dann sagte er, ich solle eine Pause machen. Wahrscheinlich hatte er damit fünf Minuten gemeint – nicht gleich zwei Tage.

„Na, sind Sie wieder die Alte?", höhnte er, als er mich bemerkte. Ohne meine Antwort abzuwarten, fuhr er fort: „Wissen Sie eigentlich überhaupt, wer Sie sind?"

Seine Frage brachte mich aus dem Konzept, und als ich antworten wollte, hatte ich einen Kloß in meiner bereits zugeschnürten Kehle. Eine Träne rann mir die Wange hinunter. Ich erstarrte.

„Ich kriege Sie einfach nicht zu fassen", frotzelte er.

Er sah es. Und mir war es peinlich, dass er es gesehen hatte. Offenbar hatte er erkannt, wie sehr ich mich verbog, um dazu zu gehören. Es war kläglich. Ein Trauerspiel. Wieder lief mir eine Träne übers Gesicht. Darauf folgte noch eine. Und noch eine. Er ging davon.

In diesem Moment bemerkte ich, dass an der Stelle, wo er soeben noch gestanden hatte, wieder das fraktale Muster Gestalt annahm. Es war strahlend hell, kühn und prachtvoll. Der Traumtänzer erschien und forderte mich auf, ihm zu folgen.

„Mein Name ist Parvati", stammelte ich.

„Was?" Mein Chef drehte sich um, und ich spürte, wie meine Kolleginnen in der Arbeit innehielten.

„Nicht Par-vadi, wie Sie es aussprechen." Ich verstummte und kämpfte mit den Tränen. Er musterte mich ein wenig verdattert. „Das bedeutet Tochter der Berge."

Er lachte. Es war ein abfälliges Lachen, und während er lachte, fing das Muster über seinem Kopf an zu pulsieren.

„Sie sind ein Arschloch", verkündete ich und blickte ihm dabei in die Augen. „Ein absolutes Turboarschloch."

Die versammelte Belegschaft schnappte im Chor nach Luft. Als der Traumtänzer auf die Tür zu tanzte, rannte ich los, schnappte mir meine Jacke und hastete hinter ihm her, die Treppe hinunter. Ich fühlte mich befreit. Als ich auf die Straße trat, war er verschwunden.

Panisch hetzte ich die Marylebone High Street entlang, um ihn zu suchen. Doch er hatte sich in Luft aufgelöst. Rasch wurden meine neu gewonnene Freiheit und das Fraktalmuster wieder von einem Gefühl abgelöst, das ich nur allzu gut kannte: Angst. Es war Wahnsinn. Wegen eines Hirngespinsts hatte ich meinen Job hingeworfen. Ich setzte mich in einen Hauseingang und brach in Tränen aus. Was war nur los mit mir? Als ich die Hände vors Gesicht schlug, spürte ich, wie mich jemand berührte. Große goldene Armreifen klimperten und Finger, von deren Nägeln der rosafarbene Nagellack abblätterte, streichelten meine Schulter. Ich wagte nicht aufzublicken.

„Folge ihm. Entfessle dein Herz und folge ihm. Befrei dich von der Vergangenheit, damit du gegenwärtig sein kannst. Finde den Weg nach Hause."

Als ich endlich meine Tränen getrocknet hatte und den Kopf hob, war sie fort.

Ich bin nicht ganz sicher, was die rosafarbene Dame mir sagen wollte. Und dennoch fand ich mich auf einer Reise wieder, die ich hatte unternehmen wollen, seit Onkel Bali mich nach England geholt hat. So oft habe ich von dieser Reise geträumt, konnte sie jedoch nicht antreten, da sie in meiner Fantasie zum Zufluchtsort geworden war. Ein Land, in dem die Zeit stehengeblieben war, bevölkert von idealisierten Eltern und Großeltern. Viel zu häufig habe ich mich dorthin zurückgezogen und trotzdem die wirkliche Begegnung gescheut, voller Furcht, die zum Traumbild geronnene Vollkommenheit könnte zerspringen, wenn ich sie berührte.

Als ich aus dem Flugzeug stieg, hüllte mich feuchter Dunst ein, in den sich ein unverkennbar scharfer Schweißgeruch mischte. Sofort fühlte ich mich in die Vergangenheit zurückversetzt. Als ich das letzte Mal auf dem Flughafen von Trivandrum gewesen war, hatte ich schreiend um mich geschlagen, während Onkel Bali mich zum Flugzeug schleppte. Ich biss ihn in die Hand und ließ bei meinem wilden Gestrampel meine Puppe fallen. Sofort hörte ich auf, Onkel Bali zu boxen, und versuchte, ihm klarzumachen, dass er stehen bleiben musste, damit ich sie aufheben konnte. Aber er ging einfach weiter, wurde immer schneller und hielt mich mit eisernem Griff umklammert. Die Puppe hieß Nirmilla, benannt nach meiner Mutter und ein war ein Geschenk meines Großvaters, kurz nach dem Tod meiner Eltern.

Sie saß auf einem staubigen Regal und rief nach mir. Ihre langen Haare aus geflochtener Wolle und ihre großen braunen Augen sprachen mich an. Obwohl mein Großvater nicht verstand, warum ich lieber die handgemachte Puppe haben wollte, kaufte er sie, zusammen mit fünf weiteren importierten Puppen. Onkel Bali hörte nicht, wie ich „Stopp. Nirmilla!" rief. Vielleicht verstand er auch nicht, was ich wollte, als er, mich in den Armen, weiter rannte, um das Flugzeug nicht zu verpassen. Von der Flugreise in mein neues Zuhause weiß ich nicht mehr viel.

Am Flughafen drängte sich eine chaotisch wogende Masse aus wartenden Menschen. Auf der Suche nach meinem

Namen ließ ich den Blick über die unzähligen Schilder schweifen. Noch während ich mich fragte, wie ich wohl je meinen Fahrer finden sollte, kam ein sehr hoch gewachsener, magerer Mann auf mich zu. Er trug etwas, das auf den ersten Blick wie ein weißer Matrosenanzug aussah. Es hätte aber genauso gut ein Kinderhemd sein können, denn die Knöpfe wirkten gepresst und unzufrieden und spannten sich fast bis zum Zerreißen.

„Sind Sie Parvati, Ma'am?"

Er sprach meinen Namen formvollendet aus. Ich lächelte. „Richtig."

„Kommen Sie. Ich bin Mohan, Ihr Fahrer. Immer zu Ihren Diensten. Darf ich Ihr Gepäck nehmen?"

Mühelos schlängelte er sich durch das Gewühl. Seine Zielsicherheit wies auf jahrelange Erfahrung hin.

„Sie sind ja ein echter Fachmann!", rief ich aus, während ich neben ihm her hetzte.

Er lächelte stolz. „Sprechen Sie Malayalam?"

„Ein bisschen", antwortete ich auf Malayalam.

„Ausgezeichnet, Ma'am." Nickend schüttelte er den Kopf. „Urlaub?"

Nicht wirklich, hätte ich am liebsten erwidert. Aber wie erklärt man jemandem, dass man von einem Fraktalmuster, einem Traum und einer rosafarbenen Dame hierher geführt worden ist?

„Ja, Urlaub", antwortete ich deshalb.

„Wenn Sie erst einmal im Urlaub hier waren, werden Sie nur noch hier Ferien machen. Sie werden sehen. Es ist wunderschön."

Ich hätte ihm sagen können, dass ich eigentlich von hier stammte. Aber ich nickte nur zustimmend.

Als wir uns einem abgewetzten schwarzen Ambassador mit auffälligem gelbem Verdeck näherten, wurde ich von Wehmut ergriffen, denn der Wagen erinnerte mich an den meines Großvaters. Jahrelang hatte er das einzige Auto, nicht nur im Dorf, sondern sogar in der Kreisstadt besessen. Ich fuhr oft mit und rutschte auf dem mit Vinyl bezogenen Sitz hin und her, während die Kinder hinter uns herrannten. Ammamma weigerte sich, zu ihm ins Auto zu steigen. Sie benutzte es nur, wenn er nicht darin saß oder wenn ein Notfall eintrat. Er hatte nämlich lange vor meiner Geburt seinen Ehering gegen einen Stoßdämpfer für dieses Auto eingetauscht. Seitdem redete Ammamma nicht mehr mit ihm.

Als ich auf der Rückbank von Mohans Taxi Platz nahm, stellte ich fest, dass die Sitze mit künstlichem Leopardenfell bezogen waren.

„Sehr schick, oder?", wollte Mohan wissen, als er meinen Blick bemerkte.

„Schwitzt man darauf nicht sehr, wenn es heiß ist?", erkundigte sich mich.

„Ich habe eine Klimaanlage für Sie", entgegnete er. Und schaltete sie prompt auf volle Kraft.

Eigentlich hätte ich ihn gerne aufgefordert, sie wieder abzuschalten, denn ich wollte die Hitze spüren und in meinen Erinnerungen schwelgen. Doch dazu war es mir noch immer zu wichtig, von allen gemocht zu werden, weshalb ich ihn nur bat, sie ein bisschen herunterzudrehen. „Nur ein wenig. Ich leide nämlich oft an Halsschmerzen."

„Hier werden Sie an gar nichts leiden. In der Stadt ist die Luft sehr schmutzig, aber warten Sie nur, bis wir im Dorf sind. Da ist die Luft ganz sauber."

„Kennen Sie das Dorf?", fragte ich erstaunt.

„Ich bin aus dem Dorf", antwortete er.

„Kennen Sie auch die Mothalalis?"

„Natürlich. Meine Familie hat jahrelang für sie gearbeitet. Mein Großvater Pinnie war der erste Taxifahrer im Bundesstaat Kerala und war bei den Mothalalis beschäftigt", verkündete er stolz. „Und mein Vater heißt ..."

„Vishan", hätte ich den Satz am liebsten für ihn beendet.

„Vishan", fuhr er fort. Ich beobachtete im Rückspiegel,

wie er mit dem Kopf nickte. „Diese Familie hatte ein sehr schweres Schicksal. Ein Fluch lag auf ihnen."

Er sprach von meiner Familie. Vishan, sein Vater, hatte mich und Onkel Bali damals zum Flughafen chauffiert. Wenn ich ihn jetzt hätte weiterreden lassen, hätte ich alles erfahren, was Onkel Bali mir nicht hatte sagen können oder wollen. Aber ich war noch nicht bereit, es mir anzuhören. Stattdessen konzentrierte ich mich auf den Rosenkranz, der am Rückspiegel baumelte, und schloss die Augen.

„Ach, der Mothalali, ein beeindruckender Mensch!", fuhr er fort. Offenbar hatte er in den Rückspiegel geschaut, denn er fügte hinzu: „Es war ein langer Flug für Sie, und die Fahrt ist weit. Schlafen Sie, Ma'am."

Mein Großvater, der Mothalali (der Boss) genannt, war tatsächlich überlebensgroß gewesen. Essen war seine Leidenschaft, was man an seinem gewaltigen Bauch sehen konnte. Wenn ich darauf herumsprang wie auf meiner persönlichen Hüpfburg, lachte er aus voller Kehle. Wenigstens hielt ich es für Gelächter. Rückblickend betrachtet, hätten es auch Schmerzensschreie sein können. Keine Ahnung. Ich weiß nur noch, dass er mich nach Strich und Faden verwöhnte. Ich musste nur einen Wunsch anmelden, und prompt wurde am nächsten Tag geliefert wie bei Amazon Prime. Nur, dass es mein Großvater war, der sich ins Auto setzte und in die zwei Stunden entfernte Stadt fuhr, um das Geschenk für mich zu kaufen. Oder er nahm mich gleich mit in die Stadt, damit ich es mir selbst aussuchen konnte.

Manchmal versteckte ich mich hinter seinem ausladenden weißen Lungi, der so groß war wie ein Zelt und oben fest mit einem riesigen schwarzen Gürtel zusammengehalten wurde. Die kräftigen Beine meines Großvaters waren wie die Säulen, die die Gesamtkonstruktion trugen. Und wenn das Zelt sich bewegte, bewegte ich mich mit. Meine Ammamma wurde stets böse, wenn sie meine kleinen Füße unter seinem Lungi hervorragen sah. Dann schrie sie mich an, ich solle da rauskommen. Es waren die einzigen Male, die sie mich anschrie. Ihn hingegen blickte sie nur zornig an, weil er es mir erlaubt hatte, doch sie sagte kein Wort zu ihm. Sie sprach ohnehin kaum mit ihm und benutzte stattdessen meine Mutter oder mich als Vermittlerin.

Eigentlich hätten meine Großeltern gar nicht heiraten dürfen, da ihre Horoskope nicht zusammenpassten. Der Priester hatte ihnen abgeraten und gewarnt, es würde eine konfliktträchtige Beziehung werden. Es war sonderbar, dass mein Großvater nicht auf den Priester gehört hatte, denn er war ansonsten ausgesprochen abergläubisch. Der Aberglaube durchdrang sein ganzes Leben. Wenn er morgens das Haus verließ und als erstes einen übellaunigen Menschen traf, kehrte er sofort um, da das bedeutete, dass er heute Pech haben würde. Falls es sich um eine dringende Angelegenheit handelte, die einen Ausflug erforderlich machte, schickte er meine Mutter vor, führte eine Begegnung mit ihr herbei und tat dann so, als sei er ihr nur zufällig über den Weg gelaufen. So hielt er es jedes Mal, denn meine Mutter war sehr schön. Und in seinen Augen konnte ein Zusammentreffen mit so viel Schönheit nur Glück bringen, so arrangiert es auch sein mochte.

Meine Großeltern hatten auch noch eine zweite Tochter gehabt, die einige Jahre jünger war als meine Mutter. Meine Tante Kurmilla. Allerdings gab es nirgendwo auf der Farm ein Foto von ihr, und niemand sprach je ihren Namen aus. Sie war nämlich mit einem Diener durchgebrannt, ein Skandal, der nach Ansicht meines Großvaters Unheil über unsere Familie gebracht hatte. Also gab es in unserer Familie ein schwarzes Schaf. Ich hätte gern mehr über Kurmilla erfahren, doch niemand konnte mir etwas erzählen. Ich glaube, dass mein Onkel Bali sie gut gekannt hatte. Allerdings war es schwierig, ihm etwas zu entlocken.

Jedenfalls schlug mein Großvater die Warnung des Priesters in den Wind, bezahlte für eine Zeremonie, die ihre Verbindung besser passend machte, und heiratete Ammamma trotzdem. Dennoch verrät ihre ernste Miene auf dem Schwarzweißfoto, das gut sichtbar über der Tür zum Flur hing, wie tief traurig sie an ihrem Hochzeitstag gewesen sein muss. Sie hatte nicht viel mitzureden gehabt. Meine Großmutter stammte zwar aus einer wohlhabenden Familie, doch der Reichtum meines Großvaters stellte den ihrer Eltern noch in den Schatten. Und so gab ihr Vater sie praktisch weg, und zwar nicht in dem Sinne, wie ein Brautvater bei einer Hochzeit in Weiß seine Tochter am Altar dem Bräutigam übergibt. Der Vater meiner Ammamma schob sie mehr oder weniger an meinen Großvater ab und verlangte nicht einmal einen Brautpreis.

Mein Großvater, der sein Vermögen als Bauunternehmer verdient hatte, ließ für sich und seine Braut ein Haus dicht unterhalb des Berggipfels bauen. Obwohl alle beharrten, dass das unmöglich sei, beschritt er völlig neue Wege, ließ sich von Hindernissen nicht unterkriegen und blieb standhaft, bis er die Zweifler zum Verstummen gebracht hatte. In den fünf Jahren, die es dauerte, das Haus zu bauen, entstand darum herum eine völlig neue Gemeinde.

Ich habe eine atemberaubende Aussicht in Erinnerung. Smaragdgrünes Land, so weit das Auge reichte. Die Flüsse, die sich durch die Täler schlängelten, funkelten im Sonnenlicht. Bis heute will mir dieser Anblick nicht aus dem Kopf, denn er unterschied sich so sehr von der eintönigen Farbpalette einer Vorortstraße, gegen den ich ihn eintauschen musste.

Mein Großvater baute eine Reismühle, Scheunen, Ställe, einen gewaltigen Hühnerstall, Getreidespeicher und einen riesigen Teich, der eher ein See war. Er tat alles Menschenmögliche, damit die Farm sich selbst versorgen konnte. Die Menschen kamen, um ihre Waren einzutauschen und die Dinge zu kaufen, die sie brauchten. Natürlich verlangte er gesalzene Preise. Doch wenn er unterwegs war, strömten sie in

Scharen herbei wie zu einem illegalen Rave, sobald sie hörten, wie sich das Dröhnen seines Automotors auf dem Berg entfernte. Meine Ammamma verschenkte nämlich Lebensmittel, und wenn er unerwartet früher zurückkehrte, war er immer recht erstaunt, weil auf einmal so viel los war.

Als meine Mutter heiratete, ließ er noch ein Haus auf dem Grundstück bauen, denn er konnte es nicht ertragen, von ihr getrennt zu sein. Und da meine Eltern beide berufstätig waren, verbrachte ich den Großteil der Zeit bei meinen Großeltern. Hauptsächlich half ich Ammama auf der Farm, meistens bei den Kühen und Hühnern. Hin und wieder verschwanden einige dieser Hühner auf unerklärliche Weise. Erst einige Zeit später verplapperte sich Vishan und verriet mir, dass mein Großvater dahinterstecke, der die Hühner schlachten ließ, damit wir sie zu den Mahlzeiten verspeisen konnten. Als Vishan klar wurde, dass er einen Fehler gemacht hatte, schwor er mich auf Stillschweigen ein, weil er um seine Stelle fürchtete. Danach konnte ich kein Huhn mehr essen. Doch anstatt mir in Sachen Hühner die Wahrheit zu sagen, ängstigte mein Großvater mich mit Gruselgeschichten, in denen Iltisse eine Hauptrolle spielten.

So ein Iltis war offenbar groß und stark und ein richtiges Ungeheuer und erschien im Schutz der Dunkelheit, damit ihn niemand erkannte. Die Hühner schrien um ihr Leben und flehten, er möge sie verschonen. Wenn der Iltis in gnädiger Stimmung war, ließ er sie zufrieden. Wenn nicht, machte er sich mit einem Küken im Maul davon. Ich glaube, mein Großvater ahnte gar nicht, in welche Panik er mich damit versetzte.

Ich bat ihn dann, sich zu mir zu setzen und meine Hand zu halten, bis ich eingeschlafen war. Als ich herausfand, dass wir die Hühner selbst aßen, brauchte ich seine Hand nicht mehr, doch nach dem Tod meiner Eltern knüpften wir wieder an diese Gewohnheit an. Jeden Abend saß er da und hielt meine Hand, bis ich schlief. Das heißt, bis er einige Wochen später an gebrochenem Herzen starb.

Ammamma hatte den Namen Parvati vorgeschlagen. Tochter der Berge. Mein Vater war sofort einverstanden, aber meine Mutter musste zuerst überzeugt werden. Sie hätte mich lieber Shilpa genannt, was Kunstwerk oder Statue bedeutet. „Kunstwerk" passt nicht wirklich, denn ich bin mit zu vielen Fehlern behaftet. „Statue" hingegen ist recht zutreffend, weil ich noch nicht viel zustande gebracht habe, häufig erstarre und nach Ansicht meines Chefs genauso gut ein Möbelstück im Büro hätte sein können, da ich für ihn nicht wahrnehmbar sei. Hingegen legt der Name Parvati die Messlatte ziemlich hoch.

Ich fühle mich wie ein unbezwingbarer Berg, voller Geschichten und doch belagert von Selbstzweifeln. Wie gerne würde ich lernen, den Berg so zu lieben, wie er ist. Stattdessen will ich ihn ständig besiegen, besser werden, eine andere sein. „Bleib ruhig, um deine Kraft zu finden", würde meine Ammmamma jetzt sagen. Das muss ich noch lernen, denn ich bin keine große Freundin von Ruhe.

Ammamma molk Ashoti, die Kuh. Dann kochte sie die noch warme Milch, schlug sie schaumig und bereitete damit einen Cappuccino auf indische Art zu. Den goss sie in eine kleine Tasse aus Stahl, damit er die Hitze hielt, gab viel Zucker dazu, streute zerstoßenen Zimt darüber und brachte ihn mir, um mich sanft damit zu wecken. An dem Tag, als Onkel Bali kam, gab es keinen Kaffee. Ich glaube, es war noch mitten in der Nacht. Ich war schlaftrunken und fühlte mich wie im Traum. Vielleicht war es ja auch Tag, und ich habe es nur so in Erinnerung. Wie einen kurzen, beunruhigenden Traum. Er hatte Spielsachen und zur Form von Tieren gebogene Luftballons dabei. Anstatt ins Haus zu kommen, blieb er bei laufendem Motor im Auto sitzen. Das Dröhnen des Motors ängstigte die Hühner, sodass sie laut gackernd davonliefen.

„Das ist dein Onkel. Weißt du noch? Ich habe dir doch von ihm erzählt", sagte Ammamma zu mir.

„Ja, aber ich darf doch wieder zurückkommen, oder, Ammamma?“, fragte ich, als Onkel Bali mich ins Auto setzte.

Ammamma biss sich auf die Lippe, während das Auto langsam anfuhr. Ich sah, dass Ammamma ihr Tuch abnahm und auf das Auto zulief. Sie reichte mir das Tuch durchs offene Fenster und sagte mir, dass sie mich liebte. Dann wandte sie sich ab. Ich wollte, dass sie sich wieder umdrehte und eines der Ballontiere nahm, die ich ihr hinhielt, aber sie tat es nicht. Ich schaute mich ständig nach ihr um.

Dann legte ich mir ihr Tuch auf den Schoß und dachte, es bedeutete, dass ich spät in der Nacht zurückkommen würde. Schließlich fuhren wir in die Stadt und würden den ganzen Tag fort sein. Und auf dem Rückweg würde es vielleicht kalt werden. Als wir in der Stadt waren, musste ich aus dem schützenden Auto aussteigen. Und beim Anblick von Vishans Augen wusste ich, dass ich sehr lange fort sein würde. Er fing zu weinen an. Ich auch.

„Sie müssen sie doch nicht mitnehmen“, schluchzte Vishan. „Wir finden einen Weg“, flehte er meinen Onkel Bali an.

Ich kehrte weder an jenem Abend noch am nächsten zurück. Meine Ammamma sah ich nie mehr wieder.

Ich versuche, mich zu erinnern, ob Ammamma und ich je darüber gesprochen haben, dass ich nach London gehen würde. Ganz bestimmt haben wir das, denn es erscheint mir unvorstellbar, dass sie mich ohne eine Erklärung in ein Flugzeug gesetzt hätte, um anderswo ein neues Leben zu beginnen. Ich weiß noch, dass ich einige Tage zuvor mit ihr in die Stadt gefahren war. Es war eines der seltenen Male, die sie neben mir auf der Rückbank im Auto meines Großvaters gesessen – und sich wie ich am Sitz festgeklammert – hatte. Wir aßen heiße geröstete Erdnüsse aus einer spitzen Papiertüte, kauften bei einem Straßenhändler eine Zitronenlimonade und hielten schließlich vor einem Kleidergeschäft.

„Du kannst dir drei Kleider aussuchen", verkündete Ammamma.

Ich war erstaunt, dass wir uns drei Kleider leisten konnten, denn das Geld war knapp. Seit dem Tod meines Großvaters erschienen ständig Leute auf der Farm und nahmen Sachen mit. Die Reismühle, mit der wir den Großteil unseres Lebensunterhalts bestritten hatten, stellte den Betrieb ein, denn einige Männer kamen, um die Maschinen abzubauen. Ein anderer Mann wollte die Kühe holen. Doch die Kühe waren für Ammamma wie Familienmitglieder, weshalb sie den Mann mit der Mistgabel bedrohte. Doch zu guter Letzt musste sie sich geschlagen geben, und neun Kühe wurden abtransportiert. Nur Ashoti durfte Ammamma behalten. An diesem Tag weinte sie mehr als nach Großvaters Tod. Außerdem verkaufte sie das Auto an Vishan, allerdings nur unter der Bedingung, dass er sie fahren würde, wenn sie ihn brauchte. Deshalb verstand ich nicht ganz, warum sie mir drei Kleider schenken wollte, und suchte mir nur eines aus. Allerdings kaufte sie zwei weitere ohne mein Wissen. Sie kamen in einen Koffer, der erst in Tante Sheilas Haus wieder geöffnet wurde.

Das Kleid, für das ich mich entschieden hatte, bestand aus weißem Taft und hatte eine gewaltige rote Schleife. Rückblickend betrachtet, war das Ironie des Schicksals, denn ich sah damit aus wie ein großes Geschenkpäckchen, als ich vor Tante Sheilas Tür stand.

Die Tür war groß und blau, und bevor Onkel Bali den Schlüssel ins Schloss stecken konnte, machte Tante Sheila schon auf. Damals hatte sie langes, dichtes schwarzes Haar und große braune Augen und wirkte so zierlich, als ob schon ein Windstoß sie mühelos umwehen könnte. Sie begrüßte mich mit einem strahlenden Lächeln. Im Laufe der Jahre ging Tante Sheila jedoch zunehmend in die Breite. Ihr Bauch verwandelte sich in einen Vollmond, der ihr und ihrem ganzen Wesen eine unauflösliche Bodenhaftung verlieh.

Bei ihrem Anblick erschrak ich zunächst, denn sie sah meiner Mutter sehr ähnlich. Es war wie ein versprochenes Geschenk, das einem sofort wieder entrissen wird, denn schon eine Sekunde später wurde mir klar, dass sie es unmöglich sein konnte. In diesem Moment begriff ich endgültig, dass ich meine Mutter, meine Familie, mein Zuhause und alles, was mir vertraut war, unwiederbringlich verloren hatte und niemals dorthin zurückkehren würde. Ich brach in Tränen aus und konnte nicht mehr zu weinen aufhören. Tante Sheila versuchte, mich zu trösten, doch ich verstand kein Wort von dem, was sie sagte. Ihre Gesten verstand ich zwar sehr wohl, aber ich beschloss, sie nicht zur Kenntnis zu nehmen.

Tante Sheila kam aus gutbürgerlichen Verhältnissen und hatte eine Klosterschule besucht. Allerdings hatte sie anschließend nicht studieren dürfen und war stattdessen dem zehn Jahre älteren Dr. Bali vorgestellt worden. Sie heiratete ihn. Das gebot die Pflicht.

Die Pflicht hatte bei ihr schon immer einen höheren Stellenwert gehabt als die freie Entscheidung. Schließlich ermöglichte es die Pflicht dem Menschen, sich einem vorgefertigten Bild von Glück anzunähern, während die freie Entscheidung einem zu einer Form von Glück verhalf, das es ihrer Ansicht nach gar nicht wirklich gab. Die Pflicht hatte ihr Sicherheit gegeben und sie nach England gebracht, um als Arztgattin in London zu leben. Dort wartete das Paar darauf, dass sich Nachwuchs einstellte. Aber nichts geschah. Und so warteten und warteten die beiden, bis das Schicksal Erbarmen mit ihnen hatte und mich auf ihrer Türschwelle absetzte.

„Der Garten hat Mittel und Wege, auch im Winter rote Beeren hervorzubringen", pflegte Tante Sheila zu sagen, wenn sie sich an diesen Moment erinnerte.

Allerdings war meine Ankunft vielleicht eine kleine Enttäuschung für sie. Die Erwartung, die gute Hoffnung, die in ihrem Schoß herangewachsen war, war vermutlich größer als sie selbst. Und ganz sicher war sie größer als ein siebenjähriges Mädchen, das nun tränenüberströmt vor ihr stand.

Trotz ihres breiten Lächelns war es bei mir Abneigung auf den ersten Blick, denn schließlich trug sie die Schuld daran, dass ich so traurig war, und hatte mir mein Zuhause weggenommen. Nachts stellte ich sie mir mit ihrem langen Haar als Hexe vor und wünschte, sie würde auf ihrem Hexenbesen davonfliegen und mich in mein altes Leben zurückkehren lassen. Wenn ich meine Ammamma nicht haben konnte, wollte ich auch nicht von Tante Sheila bemuttert werden. Außerdem fehlte mir mein Morgenkaffee. Tante Sheila weigerte sich, Kaffee für mich zu kochen. Heiße Schokolade ja, aber keinen Kaffee. Ich hasste ihre heiße Schokolade und spuckte sie ihr vor die Füße. Als sie ging, um einen Lappen zum Aufwischen zu holen, bemerkte ich, dass sie Ammammas Tuch in die Waschmaschine gesteckt hatte. Sie hatte ihren Geruch weggewaschen. Ich brüllte aus voller Kehle, dass ich sie hasste und dass ich sie niemals liebhaben würde.

In jenen ersten Jahren machte ich meiner Tante Sheila das Leben zur Hölle und fügte ihr Verletzungen zu, die sie nur heilen konnte, indem sie nachts und unsichtbar für mich bittere Tränen vergoss. Manche dieser Verletzungen waren so groß wie Schusswunden, und die Entschlossenheit, mit der sie mich ertrug, führte gewiss dazu, dass sich in den Nächten endlose Zweifel Bahn brachen und sie quälten.

Ich bin sicher, dass sie anfangs nur aus Pflichtgefühl durchhielt, denn ich war wirklich alles andere als liebenswert. Stattdessen testete ich ihre Grenzen bis zum Letzten aus, um festzustellen, ob auch sie mich irgendwann verlassen würde. Doch dann, Schritt für Schritt, fand die Liebe unzählige Wege, sich zu zeigen: Wie sie nach mir rief. Wie sie versuchte, Malayalam zu lernen, um mit mir sprechen zu können. Die Nächte, in denen sie mich im Arm hielt, während ich weinte. Der Tag, an dem sie die Treppe hinaufkam und ich in Tränen ausbrach, als ich feststellte, dass all ihr langes, schwarzes Haar verschwunden war. Stattdessen trug sie nun eine funkelnagelneue Afrofrisur und sah in ihrem langen schwarzen Fellmantel aus wie ein verschollenes Mitglied der Supremes.

An dem Tag, an dem ich endlich lernte, die Frau zu lieben, die meine Mutter geworden war, hatte sie für mich ein Puppentheater aus einem Pappkarton gebastelt. Die Puppen bestanden aus alten Socken. Die Geschichte in dem Puppentheater handelte von einer Entenmutter, die ihr Entlein verloren hatte und nun traurig und einsam auf dem Fluss schwamm. In der nächsten Szene hatte ein kleines Entlein seine Eltern verloren und paddelte ebenfalls einsam auf einem Fluss herum. Irgendwann trafen sich die Flüsse, und die beiden Enten fanden einander. Als sie sich begegneten, brach Tante Sheila in Tränen aus. Ich weinte auch, und sie umarmte mich, Sockenpuppen an beiden Händen. Und da ließ ich sie endlich an mich heran.

Als ich am nächsten Tag auf dem Pausenhof spielte, sah ich eine Gestalt, die mich beobachtete, und ich wusste, dass sie es war. Ich lief zu ihr hinüber, und sie steckte die Finger durch den Zaun, um mich zu berühren. „Ich wollte nur schauen, ob es dir gut geht, Molu."

Es läutete, und ich kehrte in mein Klassenzimmer zurück. „War das deine Mum?", fragten meine Freundinnen.

„Ja", erwiderte ich, innerlich erfüllt von Stolz. Sie war meine Mutter, und sie war wunderschön und gütig.

Allerdings ging diesem Stolz die Luft aus, als ich in die Pubertät kam. Obwohl „ausgehen" eigentlich nicht das richtige Wort ist. Man könnte eher sagen, dass ich ein Loch hineinstach und ihn dann in der Ecke liegen ließ. Niemand hatte mir je erklärt, dass es keinen Zweck hat, der Sinnlosigkeit einen Sinn einhauchen zu wollen. Wir alle hätten einander viel Schmerz ersparen können. Sie verlangte, dass ich in die eine Richtung ging, ich wollte lieber in die andere. Und in meinen rebellischen Trotzanfällen sagte ich, wenn sie mich wieder

einmal anschrie, schreckliche Dinge zu ihr und erinnerte sie
daran, dass sie gar nicht meine richtige Mutter war. Das war
unverzeihlich von mir, doch tief in meinem Innersten
befürchtete ich immer noch, sie könnte mich verlassen,
weshalb ich sie weiter auf die Probe stellte. Nachdem wir diese
Phase hinter uns hatten und sie auch weiterhin bei mir blieb,
glaubte ich, ihr etwas schuldig zu sein, und wurde deshalb so,
wie sie mich haben wollte.

Onkel Bali wurde meistens völlig von seinem Beruf in
Anspruch genommen, weshalb wir nur wenig miteinander zu
tun hatten. Selbst wenn er körperlich zu Hause war, wirkte er
emotional abwesend, schlich auf Zehenspitzen um Tante
Sheilas Stimmungsschwankungen herum und wich dabei den
Querschlägern aus, die sie auf ihn abfeuerte, um eine Reaktion
zu provozieren. Wie sehr hätte ich mich gefreut, wenn er
seinen Körper wirklich bewohnt hätte, denn er schien stets
einen Meter daneben zu stehen. Trotz seines Verhältnisses zu
meinen Großeltern und meinem Vater schien er nur ungern
mit mir über sie zu sprechen. Vielleicht wollte er ja meine
Gefühle schonen oder hing dem irrigen Glauben an, dass es
besser für mich war, wenn ich unbelastet von der Vergangenheit vorwärts in die Zukunft schritt. Jedenfalls konnte ich
nicht anders, als ihm übelzunehmen, dass er mir meine
Geschichte vorenthielt.

Allerdings gelang es mir, ihm einige geheimnisvolle
Hinweise zu entlocken. Er und mein Vater Raman seien auf
der Suche nach etwas Essbarem viele Kilometer weit unterwegs gewesen. Meine Ammamma habe Mitleid mit ihnen
gehabt, ihnen etwas zu essen gegeben, ihnen Bücher geschenkt
und die Schulgebühren für sie bezahlt. Sie sei wie eine Mutter
für sie gewesen. Angesichts dessen, dass Onkel Bali sie als
Mutter betrachtet hatte, konnte er nur sehr wenig über sie
sagen. Nur, dass sie unglaublich gütig und großzügig gewesen
sei. Mehr nicht. Ich erkundigte mich, wie mein Vater es
geschafft habe, Musik zu studieren und Lehrer zu werden.

„Indem er fleißig war", lautete seine einzige Antwort. „Du musst auch fleißig sein." Das war sein Mantra, wann immer er das Wort an mich richtete.

Raman, mein Vater, verliebte sich in meine Mutter Nirmilla, und die beiden heirateten.

„Gab es irgendwelche Einwände?", erkundigte ich mich neugierig. In jedem Bollywood-Film, den ich mir mit Tante Sheila ansah, kam es nämlich in diesem Zusammenhang zu einem Drama, insbesondere dann, wenn der Mann eine Frau aus einer höheren Gesellschaftsschicht heiraten wollte. Deshalb auch die geheimen Treffen im Regen, bei denen die Frau einen am Leibe klebenden Sari trug, während der Mann wie ein Exhibitionist hinter einem Baum hervorsprang.

„Nein. Deine Ammamma mochte ihn." Mehr konnte er dazu nicht sagen.

„Und Großvater?", hakte ich nach. Mein Großvater hatte gewiss etwas dazu angemerkt. Schließlich war meine Mutter seine Lieblingstochter.

„Nein." Onkel Bali beendete abrupt das Gespräch, als wolle er mich daran hindern, weitere Fragen zu stellen.

Details wie diese wurden zutage gefördert, wenn Onkel Bali mir erlaubte, seine auf dem Speicher aufgebaute riesige Eisenbahnanlage zu erkunden. Sein ganzer Stolz war eine schwarzrote Dampflok aus Metall. Während der Zug an den verschiedenen Bahnhöfen hielt, gab mein Onkel dann eine Reihe von willkürlich gewählten, allerdings aufschlussreichen Hinweisen über meine Vergangenheit preis. Offenbar sah ich aus wie Kurmilla, die Schwester meiner Mutter. Die Gesten und das Lachen hatte ich von meiner Mutter geerbt.

„Was ist aus Kurmilla geworden?"

Er lenkte geschickt von meiner Frage ab, indem er mir verriet, dass meine Mutter voller Humor und Tatendrang gewesen war. Dann kam er wieder auf seine Züge zu sprechen. Er wusste praktisch alles über sie. „Deine Großeltern haben mir einen Ausweg eröffnet, etwas, an das ich glauben und wovon ich träumen konnte", pflegte er zu sagen.

„Einen Ausweg woraus, Papa?", erkundigte ich mich.

„Aus der Armut", erwiderte er. Im nächsten Moment wurde es unheimlich still. Er verließ wieder seinen Körper und ging noch mehr auf Abstand als den üblichen Meter.

Vom Tod meiner Ammamma erzählte er mir erst Jahre, nachdem sie gestorben war. Er ließ es beiläufig ins Gespräch einfließen, als die Dampflok gerade im Hauptbahnhof hielt. Dann wechselte er rasch das Thema, und der Zug setzte seine Reise fort. Seiner kurzen Aufzählung von Fakten konnte ich nur entnehmen, dass Ammamma eine großzügige Frau gewesen war, der er sehr viel schuldete. Sie habe ihn gebeten, für mich zu sorgen, da sie gewusst habe, dass sie nicht mehr lange zu leben hatte.

Mit seiner Entscheidung, drei Jahre damit zu warten, mir das mitzuteilen, hatte er mir mit einem Schlag den Fluchtweg abgeschnitten. Wie oft hatte ich mir ausgemalt, dass sie, mit einer Tasse Kaffee in ihrem Schaukelstuhl auf der Veranda sitzend, auf meine Rückkehr wartete. Ein strahlendes Lächeln breitete sich auf ihrem Gesicht aus und gab ihre vorstehenden Zähne frei, als sie sah, wie ich auf sie zulief. Ich wünschte, Onkel Bali hätte mir früher die Wahrheit gesagt. Als ich ihn ansah, wich er meinem Blick aus und betrachtete den Stations-vorsteher, der wie er die Abfahrt des Zuges beobachtete. Ich fragte mich, ob Onkel Bali wohl inzwischen abgestumpft war, weil er seinen Patienten so oft eine schlechte Nachricht über-bringen musste. Vielleicht besaß er ja inzwischen nicht mehr die Fähigkeit, Anteilnahme zu empfinden. Jedenfalls lernte ich auf diese Weise, dass ich nicht über Dinge sprechen durfte, die wehtaten, wenn ich von ihm geliebt werden wollte. Also schluckte ich meine Tränen hinunter.

Viele Jahre später fand ich heraus, dass er schon einmal

verheiratet gewesen war. Tante Sheila war seine zweite Frau. Ich las das in einem Brief, den Onkel Bali in seinem Arbeitszimmer aufbewahrte und den ich fand, als ich in einem seiner medizinischen Wörterbücher das Wort „Tinnitus" nachschlagen wollte. Und da steckte der Brief, eingeklemmt zwischen „Thrombose" und „Thymus".

Thrombose: Die Entstehung eines Gerinnsels in einem Blutgefäß oder einem Organ.

Thymus: Eine Drüse in der Nähe der Schädelbasis.

Er hatte seine Frau verloren, als diese schwanger gewesen war. Das Kind war mit ihr gestorben. Der Brief stammte von einem Mann namens Raj, der wissen wollte, ob Onkel Bali mit Sheila glücklich geworden sei. Ich war gleichzeitig erschrocken und neugierig und hätte gerne weitergelesen, tat es aber nicht. Im selben Umschlag befand sich auch ein Brief von Onkel Bali an seine verstorbene Frau. In der ersten Zeile flehte er sie um Verzeihung an, weil er sie von ihrer Familie getrennt und nicht richtig für sie gesorgt habe. Ich hörte auf zu lesen, keine Ahnung wieso. Doch als ich mir die Briefe einige Monate später noch einmal ansehen wollte, waren sie verschwunden.

Vielleicht war diese „andere Frau" ja auch einer der Geister, gegen die Tante Sheila chancenlos war. Möglicherweise idealisierte Onkel Bali diese Frau, so wie ich es mit meinen Eltern tat. Und wenn ihm alles zu viel wurde, verließ er seinen Körper und flüchtete sich in eine perfekte Welt.

Ich erzählte Tante Sheila nie von diesem Brief. Möglicherweise hätten sie es geschafft, über alles zu reden oder sich sogar anzubrüllen, dass die Wände wackelten, wenn das Thema auf dem Tisch gewesen wäre. Aber ich schwieg, und zwar wegen der selbstsüchtigen Angst, dass sie uns dann verlassen könnte. Und was würde dann aus uns werden?

Keine Ahnung, wie viele Jahre später er Tante Sheila geheiratet hatte oder ob sie in der Anfangszeit glücklich gewesen waren. Ich wusste auch nicht, warum sie keine Kinder bekommen konnten. Doch für mich stand fest, dass die

Einsamkeit und Sprachlosigkeit Tante Sheilas Bauch zum Brodeln brachten, sodass zornige Wörter darin entstanden, die sie dann ausspuckte wie ein feuerspeiender Drache. Sie war zornig, weil die Verantwortung, unverrückbar und ganz allein, auf ihren Schultern lastete. Vielleicht reichte ihre Wut ja sogar noch tiefer.

Jedenfalls war die Beziehung meines Onkels und meiner Tante ein Minenfeld aus unterdrückten Gefühlen, ein Terrain, das sie beide nicht zu betreten wagten. Es mochte daran liegen, dass sie ihm weder die Liebe seiner ersten Frau noch das Kind schenken konnte, das er sich so sehr wünschte. Dafür fraß er seine Einsamkeit in sich hinein, voller Angst, wieder jemanden zu lieben und ihn dann zu verlieren. Stattdessen beschränkten sie sich darauf, einander mit lautlosen Handgranaten zu bewerfen, die nur kleine Explosionen auslösten, in dem sicheren Wissen, dass es keine Schwerverletzten geben würde. Denn schließlich fesselte die Pflicht sie fest aneinander. In meiner Rolle als Mitgefangene lernte ich, meine Gefühle nicht zu äußern und allen zu gefallen. Ich weiß, dass ich in Wirklichkeit gar nicht so bin.

„Parvati, Ma'am, möchten Sie Kokoswasser?", fragte Mohan, als wir neben einem Kokosnussverkäufer anhielten.

Inzwischen waren wir dem Lärm der Stadt entronnen, wo das ständige Hupen der Rikschas und Lastwagen, die umherstreunende Kühe umkurven mussten, an meinen Nerven zerrte. Überwältigt von dem Getöse, den grellen Farben, den vielfältigen Gerüchen und dem geschäftigen Treiben, die alle auf meine Sinne einstürmten, hatte ich diesen Teil der Fahrt mit geschlossenen Augen zurückgelegt. Die Szenen, die sich vor mir abspielten, erinnerten mich an ein Theaterstück: Ein Lastwagenfahrer, der lässig Betelblätter aus dem Fenster spuckte und dabei nur knapp einen Radfahrer verfehlte; eine Rikscha, die elegant einem herrenlosen Hund auswich; ein Motorrad, das, beladen mit einer ganzen Familie, alle ohne Helm, geschickt die Schlaglöcher umkurvte. Trotz des Chaos gingen die Menschen anscheinend ungerührt ihrem Alltag nach, offenbar voller Vertrauen in ihre Fähigkeit, in diesem Durcheinander zu bestehen. Ein himmelweiter Unterschied zu der stillen Konformität, an die ich mich in den Straßen unserer Vorstadt gewöhnt hatte. Ich wagte noch nicht, mich auf das Getümmel einzulassen.

Der Verkäufer begrüßte uns freundlich. Seine Augen funkelten vergnügt, als er gekonnt das Beil schwang und den oberen Teil der Kokosnüsse entfernte, bevor wir auch nur Gelegenheit gehabt hatten, eine Bestellung abzugeben. Als ich ihm zehn Rupien reichen wollte, breitete sich ein zahnloses Grinsen auf seinem Gesicht aus. Doch noch ehe ich die Transaktion abschließen konnte, wurden wir schon vom Gemüseverkäufer und anderen Straßenhändlern umringt.

„Die sehen, dass Sie Ausländerin sind", stellte Mohan fest und fuchtelte mit den Händen, um sie zu vertreiben.

„Das stimmt nicht", beteuerte ich. „Ich bin hier geboren. In dem Haus oben auf dem Berg."

In seinem Erstaunen vergaß Mohan für einen Moment, die hartnäckigen Straßenverkäufer zu verscheuchen, deren Anzahl immer mehr wuchs. Eilig bezahlte er den Kokosnusshändler und winkte mich ins zurück ins Auto.

„Sie sind Parvati? Die Tochter von Nirmilla? Mothalalis Enkelin?", fragte er, und es war ihm deutlich anzumerken, dass ihm gerade ein Licht aufging „Sie müssen mich besuchen. Mein Vater Vishnu möchte Sie sicher gern sehen. Er spricht oft von dem Tag, als Sie weggebracht wurden. Er wollte Sie in unsere Familie aufnehmen, anstatt Sie diesem Mann mitzugeben."

„Welchem Mann?", erkundigte ich mich, denn er sprach die Worte „dieser Mann" in einem so abfälligen Ton aus, dass er unmöglich meinen Onkel Bali meinen konnte.

„Ich darf seinen Namen nicht nennen. Das bringt Unglück." Er wiegte den Kopf hin und her.

„Bali?", hakte ich nach.

„Ai, Aiyoo (oh, nein)." Er gestikulierte und berührte seine Gebetsperlen. „Aber wenigstens sind Sie am Leben. Das ist gut."

„Onkel Bali ...", setzte ich noch einmal an.

„Bitte sprechen Sie diesen Namen nicht im Auto aus. Er war verflucht. Er wusste, dass er verflucht war, und er hat der ganzen Familie Unglück gebracht. Ich will nichts mehr sagen, und auch nicht im Auto über ihn reden. Mein Vater kann Ihnen mehr erzählen."

Neugierig lehnte ich mich zurück. Ich dachte an die Briefe, die ich entdeckt hatte. Man konnte von Onkel Bali ja viel behaupten: er war heimlichtuerisch, abweisend, reserviert. Aber verflucht? Beklommenes Schweigen entstand.

„Warten Sie, bis Sie meinen Vater sehen. Er wird sich ja so freuen. Haben Sie geheiratet?"

Von all den Fragen, die er mir hätte stellen können, war das wohl die merkwürdigste. „Nein", erwiderte ich.

„Keine Sorge! Hoffentlich ist da noch Zeit. Wenn Sie ein bisschen zunehmen, haben Sie vielleicht mehr Glück?", schlug er vor. „Meine Frau hat eine sehr gute Figur", fuhr er fort.

„Wunderbar", antwortete ich. „War es eine arrangierte Ehe?", fügte ich hinzu, ein Versuch, um gut Wetter zu bitten, denn vielleicht hatte das „Wunderbar" ein wenig sarkastisch geklungen.

„Selbstverständlich. Aber ich musste keinen Brautpreis bezahlen. Haben Sie womöglich noch nicht den Richtigen gefunden? Während Sie hier sind, könnten Sie ja Ihr Schicksal bereinigen. Meine Mutter kann Ihnen dabei helfen. Sie ist Hellseherin."

Wie ich herausgefunden hatte, bedeutete „das Schicksal bereinigen", dass man alle eventuellen Hindernisse mithilfe verschiedener Zeremonien aus dem Weg räumte. Das reichte vom Absingen diverser Gebete bis hin zur Hochzeit mit einem Baum.

„*Er* hat sein Schicksal nicht richtig bereinigen lassen. Sie waren sehr arm."

„Wer? Ba ..."

„Nein, nein, bitte Parvati, Ma'am. Bitte sprechen Sie seinen Namen nicht aus."

„Sie haben ihn doch zuerst erwähnt."

„Okay, wir wollen nicht mehr darüber reden."

„Könnten Sie langsamer fahren?", bat ich Mohan.

Als wir um die Ecke bogen, brauchte ich nicht aufzublicken, um ihre hoch vor uns aufragende majestätische Präsenz zu sehen, denn instinktiv wusste ich genau, wo wir waren. Und da war sie, Dhoomrani Parvatham, der Purple Mountain, oder eigentlich müsste es „die Mountain" heißen, „die" Berg, nach der ich benannt war. Stolz erhob sich Dhoomrani Parvatham in all ihrer Pracht vor einem Hintergrund strahlend smaragdgrüner Reisfelder. Glitzernde Wasserfälle strömten ihre Hänge hinab wie die Verheißung ihres faszinierenden Zaubers.

„Halten Sie an, Mohan. Genau hier!", rief ich.

Nachdem er am Straßenrand gestoppt hatte, stieg ich aus und ließ die Schönheit von Dhoomrani Parvathan auf mich wirken.

„Es war der beste Name für sie", hörte ich meine Mutter zu meinem Vater sagen, während er mich in den Armen trug. In ihrer Stimme schwang eine bis zu diesem Moment vergessene Wärme mit und umhüllte mich mit einer Welle aus Gefühlen.

„Also bist du jetzt froh, dass du nicht auf Kunstwerk bestanden hast", spöttelte mein Vater.

„Obwohl das auch gepasst hätte", antwortete meine Mutter, und ihr Blick wanderte zu mir.

Diese letzte Erinnerung an die beiden, wie sie mit mir vor diesem Berg standen, drohte, mir die Tränen in die Augen zu treiben. Doch Mohan störte den Zauber des Moments, indem er fragte, ob ich ein Foto wolle.

„Nein", entgegnete ich. „Ich werde es immer im Gedächtnis behalten."

Vielleicht habe ich den Berg ja idealisiert, da ich ihn mit einer der letzten Erinnerungen an die beiden verbinde. Denn Erinnerungen haben die Neigung, sich zurechtbiegen zu lassen, bis sie zu einem bestimmten Narrativ passen. Wenn sie nicht gestorben wären, hätte ich diesen Augenblick möglicherweise völlig anders oder gar nicht im Gedächtnis.

Wir waren im zwei Autostunden entfernten Kino gewesen. Mein Vater hatte diesen Ausflug ohne die Erlaubnis meines Großvaters geplant. Er hatte ein Auto gemietet, das uns ins Tal brachte, und von dort aus waren wir erst mit dem Bus, dann mit einer Rikscha in die Stadt gefahren. Im Kino sahen wir uns einen alten Schwarzweißfilm in Malayalam mit klassischen Tänzen und Gesang an und aßen dazu Popcorn. Ich war völlig fasziniert und ließ mich in eine andere Zeit versetzen. Auf dem Rückweg hielten wir hier an, um die Aussicht auf unser Zuhause zu genießen. Der Abend dämmerte, und die letzten Sonnenstrahlen tauchten den Himmel in die verschiedensten Schattierungen von Rot und Orangefarben. Der Berg war in einen lavendelfarbenen Schein gehüllt.

„Ich glaube nicht, dass ich von hier wegziehen kann", flüsterte meine Mutter.

„Es braucht ja nicht weit zu sein", erwiderte mein Vater.

Als wir nach Hause kamen, hatte mein Großvater auf uns gewartet. Seine beeindruckende Gestalt zeichnete sich schwarz vom Dämmerlicht ab. Meine Mutter scheuchte mich ins Haus, während mein Großvater mit dröhnender Stimme meinen Vater anschrie und ihm mit Konsequenzen drohte, falls er je wieder ohne seine Genehmigung mit uns irgendwo hinfahren sollte. Mein Vater ließ sich von diesen Drohungen nicht schrecken und wiederholte den Ausflug am folgenden

Wochenende. Aus unerfindlichen Gründen beschlossen die beiden, mich zu Hause zu lassen. Man enthielt mir die Einzelheiten zwar vor, aber ich hörte die Dienstboten tuscheln, es sei wohl ein Busunfall gewesen.

Wenn ich daran zurückdenke, meldet sich wieder ein leises Unbehagen, das an Rändern meines Bewusstseins scharrt. Es ist die Furcht, eine Tragödie heraufzubeschwören, wenn ich es wage, die Grenzen dieser Sicherheit zu überschreiten.

Als wir uns dem Berg näherten, schienen die hohen Palmen am Straßenrand die Hände nach mir auszustrecken, um mich wie alte Freundinnen zu begrüßen. Ich kurbelte das Fenster herunter und hätte sie am liebsten berührt.

„Soll ich die Klimaanlage hochdrehen, Ma'am?", schlug Mohan vor.

„Nein, danke, Mohan. Ich wollte nur die Luft schnuppern."

Überall roch es nach Gewürzen, gemischt mit dem Duft des frisch aufgegossenen Tees von den Verkaufsständen entlang der Straße. Auf dem Weg den Berg hinauf wurde mir auch der Zweck der Rosenkranzperlen klar, als Mohan sich mit wahrem Todesmut in die Haarnadelkurven stürzte. Immer, wenn er in einer scharfen Kehre beschleunigte, schwankten die Perlen hin und her.

„Alles in Ordnung, Ma'am?"

„Nein!", hätte ich am liebsten geschrien. „Könnten Sie vielleicht ein bisschen langsamer fahren?", fragte ich stattdessen höflich.

„Bei mir kann Ihnen nichts geschehen, Parvati, Ma'am. Ich bin der Spross vieler Generationen von Taxifahrern, die diesen Berg kennen wie ihre eigene Mutter."

Vielleicht war es ja gerade dieser Satz, der mir zu schaffen machte. Ich überlegte, wie gut er wohl seine Mutter kennen mochte. Wenn er genauso viel Glück gehabt hatte wie ich, schwebten wir nämlich in Lebensgefahr.

Je höher wir kamen, desto langsamer wurde er. Der Duft von Wildblumen und feuchter Erde hing schwer in der Luft und versetzte mich in die Zeit zurück, als ich mit meinem Vater den Berg erkundet hatte.

„Geh nicht zu weit mit ihr", pflegte meine Mutter ihm nachzurufen.

Mein Vater wusste viel über die Natur und kannte den Berg gut, obwohl er nicht von hier stammte. Er erklärte mir, wie die einzelnen Wildblumen und Kräuter hießen und was jedes dieser Kräuter im Körper bewirkte.

Jede Kurve in der Straße rief Erinnerungen daran wach, wie ich auf dem mit Vinyl bezogenen Autositz hin und her rutschte und wie Lachen das Wageninnere erfüllte. Oder an das eisige Schweigen, wenn Ammamma uns begleitete. Wenn meine Mutter mit von der Partie war, zeigte sie auf die Häuser unten im Tal und erfand Geschichten über die Leute, die darin wohnten. Dann lachte mein Großvater aus voller Kehle, obwohl er sie schon so oft gehört hatte.

Die Täler unter uns erstreckten sich wie ein Flickenteppich in unterschiedlichen Grüntönen, getupft mit winzigen Dörfern und Reisfeldern. Wir passierten vertraute Landmarken: eine Ansammlung bunter Häuser mit Ziegeldächern auf einem Abhang, einen alten Tempel und einen gewaltigen Dorfteich, in dem ich als Kind geschwommen war. Noch immer badeten Frauen in diesem Teich, wuschen ihre Kleider darin und schlugen die Kleidungsstücke schwungvoll an den Felsen aus.

Als ich vier war, wäre ich einmal fast ertrunken, denn ich verfehlte die Steinstufe, sodass ich den Boden unter den Füßen verlor. Ammamma hatte sich nur einen Moment abgewendet, und schon war ich verschwunden. Daraufhin ordnete mein Großvater an, unter Wasser weitere Stufen und rings um den Teich eine höhere Mauer zu bauen. An jenem Tag war es ein

Priester, der ins Wasser sprang und mich rettete. Niemand wusste, wer er war und woher er so plötzlich kam, und als man sich anschließend bei ihm bedanken wollte, war er verschwunden. Ammamma sagte immer, dass rings um uns herum ständig mystische Dinge geschähen. Wir müssen nur unsere Zweifel ablegen und daran glauben. Ich bin nicht sicher, ob das ein guter Ratschlag war. Denn ich wünschte mir jahrelang, dass meine Eltern zurückkehren würden, und ich glaubte wirklich von ganzem Herzen daran. Nun kurbelte ich das Fenster noch ein Stück herunter und ließ die frische Bergluft und meine Erinnerungen über mich hinwegwehen.

„Wir sind gleich bei meinem Haus!", rief Mohan, dem der zu meinem Fenster hereinblasende Fahrtwind ein wenig unangenehm war. „Zu Hause haben wir auch eine Klimaanlage", fügte er hinzu, wohl in der Hoffnung, dass ich das Fenster wieder schließen würde.

Als wir langsamer wurden, hielten die Dorfbewohner in ihrer Arbeit inne, um uns anzustarren. Ich fragte mich, ob ich wohl einige von ihnen als Kinder gekannt hatte. Kinder liefen hinter dem Auto her. Ich winkte ihnen zu. Wir bogen in eine staubige, enge Gasse ein.

„Früher hat er hier gewohnt", verkündete Mohan und zeigte auf eine windschiefe Holzhütte.

„Wer?", fragte ich.

„Sie wissen, wen ich meine. Ich darf seinen Namen nicht aussprechen", entgegnete er. Offenbar ärgerte er sich über sich selbst, weil er das Thema überhaupt erwähnt hatte.

Onkel Balis Haus war so bescheiden wie ein Kuhstall. Gerne hätte ich Mohan mitgeteilt, dass Onkel Bali es inzwischen zu einem frei stehenden Haus in einer Londoner Vorstadt gebracht hatte, gewiss doch ein Hinweis darauf, dass sein Leben nicht verflucht war. Aber ich spürte, dass diese Information Mohan nicht beeindrucken würde.

Als Mohan hupte, öffnete ein kleiner Junge von fünf oder sechs Jahren das Tor.

„Mein Sohn", sagte Mohan stolz. Eine junge Frau half dem Kind mit dem Tor. „Meine Frau", fügte Mohan hinzu.

Ich sah, dass Vishan auf der Veranda saß und Zeitung las.

„Mein Vater." Mohan zeigte mit dem Finger.

„Ich weiß." Lächelnd erinnerte ich mich an die vielen Male, die ich auf seinen Schultern gesessen hatte, wenn er mich zum Auto meines Großvaters oder von dort aus ins Haus trug.

Vishan nahm die Brille ab und blickte auf, als Mohan den Wagen im Hof parkte.

Er zuckte zusammen und stürmte dann auf uns zu, um mich zu begrüßen.

„Kurmilla? Wie kann das sein?" Er verwechselte mich mit der Schwester meiner Mutter, dem rebellischen Mädchen, das niemand erwähnte.

„Ich bin Parvati."

„Parvati?" Er schien verwirrt.

Ich wies auf seine Schultern und fuchtelte mit den Händen, bis mir einfiel, er könnte das so verstehen, dass ich aus dem Auto gehoben werden wollte. Das wäre ihm vermutlich schwer gefallen, da sich mein Gewicht seit damals vermutlich vervierfacht hatte. Also stieg ich aus.

Als ihm ein Licht aufging, fing er an zu weinen.

„Sie hat gesagt, dass du kommst." Er tupfte sich die Augen mit seinem Lungi ab und umfasste dann meine Hände. „Lass dich anschauen. Du bist Kurmilla wie aus dem Gesicht geschnitten. Sicher war es schwer für ihn."

Ich hatte nur die Hälfte verstanden. Erstens, wer hatte mein Kommen angekündigt? Und zweitens, für wen musste es schwer gewesen sein?

„Komm, setz dich." Bevor ich seine Schwiegertochter auch nur begrüßen konnte, wies er sie schon an, Tee für mich zu kochen, und befahl Mohan, meinen Koffer ins Gästezimmer zu bringen. Mir war gar nicht klar gewesen, dass ich bei ihnen übernachten würde.

„Geht es dir gut? Hattest du ein schönes Leben? Ich wollte nicht, dass er dich mitnimmt, aber was sollte ich tun? Ich war damals nicht verheiratet. Aber ich bin sofort zu ihr gefahren, und sie hat gesagt, du würdest das Leben einer Prinzessin führen. Außerdem würdest du zurückkommen."

„Wer, Vishan? Wer hat das gesagt?", unterbrach ich ihn, da ich befürchtete, wieder nur die Hälfte zu verstehen.

„Die Hellseherin. Ich war zweimal bei ihr, nur sicherheitshalber, und dann habe ich sie geheiratet. Du wirst sie noch kennenlernen."

Radha kehrte mit Tee und verschiedenen für Kerala typischen Leckereien zurück. Mohan erschien mit seinem Sohn.

„Und warum muss es ihm wehgetan haben?", hakte ich nach. „Meinst du mit ʼerʼ Ba ..." Mohan hinderte mich daran, seinen Namen auszusprechen.

„Weil du ihr so ähnlich siehst. Wie ein Ei dem anderen", erwiderte er.

„Wem?" Ich konnte ihm einfach nicht folgen.

„Du siehst aus wie Kurmilla. Er ist mit Kurmilla durchgebrannt."

„Onkel Bali hat Kurmilla geheiratet?"

Sie vollführten beide eine Geste, die wohl die bösen Geister abwehren sollte.

„Sie starb kurz darauf. Und danach auch deine Eltern ..."

Also war Kurmilla die Adressatin des Briefes, den ich gelesen hatte. Onkel Bali war wirklich mein Onkel, allerdings nicht väterlicherseits. Deshalb wusste er nur so wenig über meinen Vater. Er hatte die Schwester meiner Mutter geheiratet. Endlich passten alle Puzzleteilchen zusammen. Er hatte sich so wenig um mich gekümmert, weil ich ihn ständig an seinen Verlust erinnert hatte. Ich war gleichzeitig traurig und zornig. Zornig, weil er mir so viel mehr über mein Zuhause, meine Mutter und mein Leben hätte erzählen können.

„Ich bin sehr müde." Mehr brachte ich nicht heraus. „Es war ein langer Flug. Eine weite Reise."

„Zeig unserer Parvati das Zimmer“, wandte Vishan sich an Radha. „Wenn du etwas brauchst, frag nur. Wir sind eine Familie.“

Das Zimmer war mit einem Einzelbett, einer Messinglampe und einem träge rotierenden Ventilator ausgestattet. Radha reichte mir ein steif gestärktes Handtuch. Noch in meiner Reisekleidung kroch ich ins Bett. Vor Erschöpfung und Verwirrung rannen mir Tränen übers Gesicht. Das Zimmer schloss mich in seine stille Umarmung. Seine Schlichtheit spendete mir Trost. Ich schlief tief und fest.

Als ich achtzehn Stunden später erwachte, hatte jemand ein gewaltiges Frühstück, bestehend aus *masala dosa, idli vada* und *sambar* auf einem großen Bananenblatt vor mir angerichtet. Radha brachte mir Kaffee mit zwei Würfeln Zucker darin.

„Du hast lange geschlafen, große Schwester.“ Lächelnd reichte sie mir die Tasse.

„Danke“, erwiderte ich und nahm sie entgegen. „Möchtest du nicht mit mir frühstücken?“

„Ich habe schon vor vielen Stunden gefrühstückt. Es ist gleich Mittagszeit“, antwortete sie. Radha setzte sich und sah zu, wie ich das Essen verschlang. Sie brachte mir eines der pfannkuchenartigen *dosas* nach dem anderen, bis ich pappsatt war. Am liebsten hätte ich mich wieder im Bett zusammengerollt und weitergeschlafen. Als ich gerade ernsthaft mit diesem Gedanken spielte, kam Mohan herein.

„Meine Mutter will dich sehen. Ich bringe dich hin.“

„Wohnt sie denn nicht hier im Haus?“, fragte ich.

„Doch, aber sie steht sehr früh auf, um zu meditieren. Und dann geht sie zur Arbeit. Im Dorf gibt es immer jemanden, der Hilfe braucht“, erklärte er. „Komm und folge mir.“ Er ging voraus.

Wir verließen das Haus durch die Hintertür und marschierten einen langen, gewundenen Pfad hinauf. Unterwegs kamen wir an einem äußerst majestätisch wirkenden Baum mit auffälligen magentafarbenen Blüten vorbei. Mohan zeigte nach links auf eine mit Palmwedeln gedeckte Holzhütte.

„Kommst du nicht mit?“, wunderte ich mich.

„Nein“, antwortete Mohan. „Sie wollte dich ausdrücklich allein sprechen.“

An der Tür hing ein verwittertes blauweißes Schild, dessen Aufschrift ich nicht lesen konnte. Ich klopfte an. Stille. Also schob ich vorsichtig die Tür auf und trat ein. Sofort hüllte mich die Luft in eine berauschende Umarmung aus Sandelholz, in der auch der würzige Duft von Weihrauch und Kräutern mitschwang. Man konnte die Energie im Raum fast mit Händen greifen, was gleichzeitig Furcht und bange Erwartung in mir auslöste. Gerade wollte ich tief durchatmen, um mich zu beruhigen, als Mohans Mutter hinter einem kunstvoll geschnitzten Schreibtisch auftauchte.

Völlig überrascht von ihrem unerwarteten Erscheinen, schnappte ich nach Luft. „Willkommen zu Hause, Parvati“, begrüßte sie mich und stand auf.

„Sie ... du ...?“, stammelte ich fassungslos. „Wie ist das möglich?“

Die in Magentarot gehüllte Frau mit dem abgeblätterten Nagellack und den überdimensionalen goldenen Armreifen ließ sich nicht aus der Ruhe bringen. Ich kam näher und streckte die Hand aus, um sie zu berühren. Ich musste feststellen, ob sie echt war oder ob ich gerade den Verstand verlor. Ihre weichen, anschmiegsamen Hände trafen mit meinen zusammen. Ich hielt sie ganz fest. Dann brach ich, überwältigt von meinen Gefühlen, in Tränen aus.

„Wer bist du? Gibt es dich wirklich? Wie konntest du in London sein? Warst du in London?“

„Ja, ich war in London“, erwiderte sie gelassen. „Ich war dort, um dich aus einem sehr tiefen Schlaf aufzuwecken. Setz dich Parvati, setz dich.“ Sie wies auf einen Stuhl.

Ich nahm ihr gegenüber Platz. „Ich verstehe nur nicht, wie das möglich sein kann?"

„Du brauchst nicht alles zu verstehen", antwortete sie. „Es gibt da ein Reich außerhalb unseres Gesichtsfelds, und dort finden unsere größten Verwandlungen statt. Du hast deine Absichten in dieses Reich geworfen, bist den Zeichen gefolgt und hast alle vertrauten Sicherheiten wie Zuhause, Familie und Alltag hinter dir zurückgelassen. Es war ein Sprung ins kalte Wasser. Das Schlüsselwort heißt Geduld. Mit der Zeit wird sich alles fügen, wenn du wirklich bereit bist."

Mit einer anmutigen Bewegung entrollte sie ein Pergament mit einer Tabelle darauf. „Wenn man zwischen achtundzwanzig und dreißig ist, stellt der Saturn die Welt auf den Kopf. Viele versuchen, die Kontrolle zu behalten, obwohl nun Hingabe verlangt ist. Sieh her." Sie wies auf ein schwarzes Symbol in einem Kästchen. „Es ist eine heilige Reise, zurück zu dir selbst. Eine Reise, die dich nach Hause führt. Ein Übergang von der Jugend zur Reife. Ein Abstreifen alter Lasten. Lass dich auf diese Reise ein, denn ihr wohnt die Kraft des grundlegenden Wandels inne."

„Das Muster? Der Traumtänzer? Sind die echt?", hakte ich neugierig nach.

„Ja, das sind sie. Der Traumtänzer ist näher, als die meisten ahnen, und dennoch ist er nur schwer zu fassen. Manche machen es sich zur Lebensaufgabe, ihn zu finden. Während andere sich aus Gründen, die nur sie selbst kennen, zurückziehen, obwohl sie ihn fast erreicht haben. Es gibt sogar Menschen, die seinen genauen Aufenthaltsort kennen, aber beschlossen haben, ihn nicht zu stören, denn sie wissen, dass seine Berührung eine nicht mehr rückgängig zu machende Veränderung bringt. Du hast es gespürt, oder? Wer seinen Träumen folgt, begegnet unweigerlich auch seinen Ängsten.

In deinem Familienstammbaum gibt es eine Unterbrechung, aus der eine neue Familie hervorgegangen ist." Sie wies auf ein anderes Kästchen. „Das war dein Schicksal. Stell es dir als einen Topf Masala vor.“ Sie zeigte mit dem Finger. „Ihr seid einander begegnet, um eine einzigartige Mischung zu erzeugen. Die Verbindung hat jedem von euch gegeben, was er brauchte. Du hast dir aus dem Topf genommen, was nötig für dich ist. Sei dankbar dafür und verzeih ihnen. Damit schenkst du euch allen die Freiheit. Verstehst du, Parvati?“

Ich nickte.

„Du musst loslassen. Wenn du nicht loslässt, zerrst du die Vergangenheit in deine Gegenwart und weiter in deine Zukunft. Du wirst das aussperren, was eigentlich dir gehören soll. Lass los“, raunte sie. „Hast du eine Frage an mich?“

Ich hatte sogar eine ganze Menge Fragen. Doch im Moment fiel mir nur ein, dass ich wissen wollte, ob Onkel Bali verflucht war.

„Es spielt keine Rolle, ob er verflucht ist oder nicht. Wichtig ist nur, was er selbst glaubt“, erwiderte sie. „Letztlich lassen wir das wahr werden, was wir tief in unserem Innersten glauben. Das ist die Natur des Universums. Es spiegelt uns das zurück, was wir sind. Wir sind zu allem bereit, nur um recht zu behalten, selbst wenn es uns das Herz bricht, jemanden bestrafen zu müssen“, antwortete sie.

Das war eine ganze Menge Denkstoff.

Sie förderte einen rostigen Schlüsselbund zutage. „Du weißt, wozu die passen. Komm zu mir, wenn du etwas brauchst. Du weißt ja, wo du mich findest. Falls du dir unsicher bist, was du tun sollst, halt einfach inne und lausche hier hinein“, flüsterte sie und tippte sich auf die Brust. „Und wenn du dann noch immer nichts hörst, atme.“

Tränen liefen mir übers Gesicht. „Das ist das Letzte, was meine Ammamma zu mir gesagt hat.“

„Ich weiß“, erwiderte sie leise.

Als ich weiter den Berg hinaufstieg, stellte ich fest, dass mich ein innerer Kompass nach Hause zog wie eine Brieftaube.

Tränen traten mir in die Augen, sodass ich die leuchtenden Farben der Hügel unter mir nur noch verschwommen wahrnahm. Ich spähte durch das verrostete Eisentor und betrachtete das blaue, inzwischen verblasste Dach und die mit schmutzigen Schlieren überzogenen Mauern des einst so majestätischen Hauses. Es erschien mir viel kleiner als auf dem Bild, das sich in mein Gedächtnis eingegraben hatte. Gegenüber stand ein anderes Haus mit einem schadhaften grünen Dach. Es hatte meinen Eltern gehört, doch mein Großvater hatte es versiegelt wie den Tatort eines Verbrechens.

Früher war das hier eine riesige Anlage gewesen, tipptopp in Schuss gehalten von einigen Landarbeitern. Doch mittlerweile hatte die Natur das Gelände zurückerobert. Hohe Gräser schwankten sachte im Wind und überwucherten die damals so belebten Fußwege. Ich nahm den Schlüsselbund heraus und schloss das Tor auf. Nachdem es sich quietschend geöffnet hatte, wurde ich von drückendem Schweigen empfangen. Ich ging zum Hof. Die Kuhställe waren verlassen und baufällig.

Früher hatte auf dem Hof geschäftiges Treiben geherrscht. Die Frauen hatten Reis und Milch eingetauscht und meine Ammamma gebeten, ihnen die Briefe ihrer jetzt im Ausland lebenden Kinder vorzulesen. Nun legte sich eine Decke der Verwahrlosung über alles. Ranken schlängelten sich die rissigen Säulen hinauf und holten sich, was einst ohnehin ihnen gehört hatte. Die große, mit kunstvollen Schnitzereien verzierte Haustür war stumpf und verwittert. Ich nahm den Schlüssel und öffnete sie.

Als ich über die Schwelle trat, stürmten Erinnerungen auf mich ein. Ich dachte an Ammammas warmen Körper und an Großvaters laute Stimme, die durch die Flure hallte, wenn er mit mir Fangen spielte. In den vergessenen Winkeln hingen Spinnweben wie zarte Spitze und bildeten kunstvolle Muster. Ammammas Schaukelstuhl stand verlassen auf dem Flur und sehnte sich danach, dass jemand ihn berührte. Ich wusste noch, wie ich, auf ihrem Schoß und auf diesem Stuhl, auf der

Veranda gesessen hatte. Damals hatte ich den Nachthimmel betrachtet und mich geborgen und geliebt gefühlt. Heute sah der Stuhl aus, als hätten sich die Holzwürmer darüber hergemacht.

Ich hatte eine romantisierte Version dieses Besuchs im Kopf, eine, die ich wieder und wieder abgespielt hatte. Ich hatte mir vorgestellt, wie ich in Ammammas Bett schlief und meinen Erinnerungen nachhing. Doch als ich nun durch die Flure wanderte und in verschiedene Zimmer spähte, wollte ich nur noch fort von hier. Der abbröckelnde Putz und die rissigen Wände beherbergten unzählige Insekten. In den Pfützen lauerten Frösche, und bei der Vorstellung, dass womöglich Schlangen unbemerkt hier herumkrochen und nur darauf warteten zuzuschlagen, hätte ich am liebsten die Flucht ergriffen. Nun, da ich das Haus gesehen hatte, wollte ich ungestört in meinen Erinnerungen kramen, und zwar im Schutze eines Hauses, das tatsächlich bewohnt war.

Als ich hinaus hastete, fiel mein Blick auf das Haus meiner Eltern auf der anderen Seite des Hofes. Und so dringend ich auch weg wollte, zog mich etwas zu diesem Haus hin und forderte mich auf, durch ein Fenster zu spähen. Das hereinströmende Sonnenlicht zeichnete ein weiches Muster auf den staubigen roten Fliesenboden. Alles war noch so, wie sie es an jenem Tag zurückgelassen hatten. In der Zeit erstarrt. Das große Bett aus Holz, in dem wir drei geschlafen hatten, stand in der Mitte des Raums. Es war ungemacht, so als seien sie gerade erst aufgestanden, und ich konnte in den zerknitterten Laken die Abdrücke ihrer Körper erahnen. Vom Alter vergilbte Fotos, die ihre Hochzeit und mich als Baby in ihren Armen zeigten, standen auf dem Frisiertisch. Ich griff durch die Fenstergitter, voller Sehnsucht, sie zu berühren. Sie wirkten glücklich an ihrem Hochzeitstag. Ein himmelweiter Unterschied zu dem Hochzeitsfoto von Tante Sheila und Onkel Bali. Darauf trug Tante Sheila zwar einen Schleier, aber man konnte trotzdem ihr trauriges Gesicht erkennen.

Das grüne Baumwollhemd meines Vaters war lässig über eine Stuhllehne drapiert. Der rosafarben und blau gemusterte Sari meiner Mutter hing, anmutig über einen Kleiderbügel gelegt, an einem Haken an der Wand. Früher hatte ich mich beim Gehen an den Zipfel ihres Saris geklammert wie an eine Nabelschnur. Ich hielt es nicht aus, von ihr getrennt zu sein, fast als hätte ich gespürt, dass mir der Abschied von ihr vorherbestimmt war. Auf dem Frisiertisch lag die silberne Haarbürste, mit der ich versucht hatte, ihr das lange schwarze Haar zu bürsten. Allerdings gelang es mir nie, die Bürste mit einem Strich hindurch zu ziehen, weshalb es sich unweigerlich verhedderte. Dann lachte sie. Beinahe konnte ich den Jasminduft riechen, mit dem sie ihr Haar parfümierte. Plötzlich wollte ich unbedingt in dieses Zimmer und suchte den Schlüsselbund hektisch nach dem ab, der zur Haustür passte. Es gab keinen. Gewiss hatte mein Großvater ihn versteckt, um ihr Andenken zu bewahren.

Als er von ihrem Tod erfuhr, schrie und klagte er wie ein Besessener. Ammamma schalt ihn, er solle damit aufhören und auf mich Rücksicht nehmen. Es war das einzige Mal, dass ich hörte, wie sie direkt das Wort an ihn richtete. Als ich endlich begriff, dass sie tot waren, fühlte ich nicht wirklich etwas. Stattdessen erstarrte ich. Auch ich hatte meinen Körper verlassen und hielt immer einen Meter Abstand dazu. Deshalb erkannte ich diese Leere auch in anderen, wie zum Beispiel in Onkel Bali und Tante Sheila. Es ist eine überwältigende Trauer, zu kompliziert, um sie in Worte zu fassen, zu kompliziert, um sie irgendwie auszudrücken.

Etwa eine Woche nach ihrem Tod führten wir auf dem Gipfel des Berges eine Zeremonie durch und fütterten die Vögel. Allerdings kann ich mich auch daran kaum erinnern. Ich weiß nur noch, dass ich dort oben bleiben und nicht Abschied nehmen wollte.

. . .

Der Weg war steil, kaum auszumachen und gefährlich. Doch er war auch die letzte Etappe der Reise, die ich zurücklegen musste, und so trieb mich ein innerer Drang wieder hinauf auf diesen Berg. Dorthin, wo die Krähen die von Ammamma vorbereiteten Reisbällchen verzehrt hatten. Als die Luft dünner wurde, veränderte sich auch die Landschaft rings herum, und das üppige Grün wurde von Felsvorsprüngen und Klippen abgelöst. Ich fragte mich, wie Ammamma mich wohl hier hinauf geschafft hatte. Hatte sie mich getragen? Zusätzlich zu dem vielen Essen? Waren wir allein dort oben gewesen? Als ich meinen Weg fortsetzte, spürte ich ihre Gegenwart. Sie feuerte mich an, selbstbewusster auszuschreiten. Schließlich sei ich die Tochter des Berges, der mich beschützen würde, solange ich nur einen Fuß vor den anderen setzte. Und so war ich trotz der körperlichen Anstrengung sicher, dass mir nichts geschehen konnte. Geborgenheit ist etwas, das ich nicht oft erfahren habe. Bis jetzt hatte ich in der ständigen Angst gelebt, dass sich alles von einer Sekunde auf die andere verändern könnte. Und um das zu verhindern, musste ich es gut festhalten.

Vögel erhoben sich anmutig in die Luft. Ihre Rufe hallten vom Berg wider, dessen Gipfel ich inzwischen fast erreicht hatte. Ich atmete die frische Bergluft ein und gestattete mir, nur in diesem Augenblick zu sein. Als ich auf dem Gipfel angekommen war, ging die Sonne gerade am Horizont unter und tauchte die Welt in einen rosaroten und orangefarbenen Schein. Sie erleuchtete meine Welt.

Während ich so auf dem Gipfel stand, wurde ich von einer großen Ehrfurcht ergriffen. Der steile Anstieg und der überwältigende Anblick, der sich mir bot, raubten mir den Atem. Die Landschaft erstreckte sich so weit das Auge reichte in einem prachtvollen Flickenteppich aus üppig grünen Tälern und in Nebel gehüllten Gipfeln. Wälder, funkelnd wie Smaragde, schienen sich über die Berghänge zu ergießen. Die Wipfel der Bäume wiegten sich sanft im Wind. In der Ferne konnte ich das Glitzern unseres Dorfteichs erkennen. Ein tiefer Friede senkte sich über mich. Alle Herausforderungen, die ich hatte meistern müssen, um rechtzeitig hier zu sein, fielen von mir ab. An ihre Stelle trat die Erkenntnis, dass die Natur ihren Kreislauf ewig fortsetzt und nichts dafür verlangt.

Ich nahm das kleine Mädchen in den Arm, das diesen Weg vor vielen Jahren mit seiner Großmutter gegangen war, und drückte es an mich. Dann saß ich mit der Kleinen da, umfasste sie fest, saugte die Aussicht in mich auf und spürte alles, was ich mir nie wirklich zu fühlen gestattet hatte. Ich erlaubte dem kleinen Mädchen, das zu fühlen, wogegen es sich immer abgeschottet hatte, und forderte es auf loszulassen. Da wäre nichts, was es festhalten oder vor dem es mich oder sonst jemanden beschützen müsse. Zusammen schrien und schrien wir, bis wir völlig leer waren. Dann schliefen wir erschöpft ein, tief und fest, wieder miteinander verbunden und eingehüllt in wechselseitige Geborgenheit.

Als ich die Augen aufschlug, begrüßten mich die schemenhaften Umrisse von Bäumen und Felsen, deren Form im Dämmerlicht kaum auszumachen war. Langsam setzte ich mich auf. Mir tat jeder Knochen im Leibe weh. Außerdem wunderte es mich, dass ich keine Angst hatte. Ich mag die Dunkelheit nicht und kann nur bei Licht schlafen. Die Geräusche der nächtlichen Geschöpfe waren inzwischen verstummt. Nur hin und wieder raschelte das Laub, und in der Ferne rief ein Vogel. Der erdige Geruch des Waldes stieg mir in die Nase. Ich atmete einfach nur.

Und dann, ganz allmählich, breitete sich am Horizont ein flackerndes schwaches Licht aus. Anfangs dachte ich, es sei die Sonne, die über den Bergen erwachte. Doch im nächsten Moment begann das Licht zu tanzen. Es wirbelte auf mich zu und zog mich weiter in seine Tiefen hinab. Die Farben wechselten und änderten sich. Das Fraktalmuster trat klar hervor und forderte mich auf, die Vielzahl seiner Formen zu erkunden. Es war, als hätte ich zufällig einen Blick auf die Ordnung erhascht, die sich hinter all dem Chaos des Universums verbarg. Und sie zeigte mir die Ordnung im Chaos meines Lebens. Scheinbar willkürliche Ereignisse gingen vor meinen Augen eine Verbindung ein: der Tod meiner Eltern, Onkel Bali, der mich zu Tante Sheilas Tür brachte. Drei zerbrochene Träume in einem Haus, die zu einem einzigen zu verschmelzen schienen. Und jeder zerbrochene Traum heilte den anderen, sodass alle ein Ganzes wurden. Und dann, in einer überwältigenden Bewegung, trat der Traumtänzer aus dem Muster hervor. Er fing an, vor mir zu tanzen.

Seine fließenden Schwünge schlugen mich in ihren Bann, und sein Körper wurde zum Leitmedium für alle nur vorstellbaren Gefühle. Mit jedem Sprung, jeder Drehung, jedem Schritt malte der Traumtänzer Bilder, die kurz ein Fenster in eine Traumwelt öffneten. Sie beschworen Momente aus uralten Welten, aus längst vergessenen Ritualen und Zeremonien herauf. Während ich zusah, wurde ich von ehrfürchtigem Staunen ergriffen und fühlte mich dennoch geerdet und fest mit dem Berg verbunden, wo ich hingehörte. Ich empfand Frieden und eine Verbindung zu etwas, das größer war als ich selbst. Und plötzlich hielt der Traumtänzer mitten im Tanz inne. Sein Geist verschmolz mit mir.

Stolz erhob ich mich. Parvati – Tochter der Berge.

Als das Flugzeug auf dem Flughafen Heathrow landete, war es kalt. Noch kälter wurde es für mich durch den Abschied von Vishan und seiner Familie, die mir so viel Wärme gegeben und während meines Aufenthalts für mich gesorgt hatten. Vor meiner Abreise hatte ich der magentafarbenen Frau den Schlüsselbund zurückgegeben und gesagt, ich würde einen Weg finden, die Farm wieder zum Leben zu erwecken. Bald würde ich zurückkommen, möglicherweise sogar mit meiner Familie.

„Vielleicht nur mit Tante Sheila?", schlug Mohan vor.

„Ich werde dafür beten, dass du einen guten Ehemann findest", schluchzte Vishan, als er und Mohan mich zum Flughafen fuhren.

In der Ankunftshalle in Heathrow fiel mir auf, dass die Leute mich ansahen. Vielleicht hatte meine neue Aura mir ja Schönheit verliehen. Der Glaube, dass alles möglich war, und meine glückliche Ausstrahlung würden von nun an nur noch positive Ereignisse anziehen. In der Ankunftshalle wurde ich von einer Obdachlosen angesprochen, die mich darauf hinwies, dass die Rollen meines Koffers geölt werden mussten. „Zu laut", meinte sie und wischte sich die Nase ab. Dann zeigte sie in Richtung Taxistand.

Dem Fahrer fehlte Mohans Leidenschaft, und er hielt brav an jeder Ampel. Erst wenn das gelbe Licht zu blinken begann, fuhr er los.

„Angenehme Reise?", erkundigte er sich knapp.

„Lebensverändernd", erwiderte ich.

„Aha", antwortete er, und sein Ton verriet mir, dass er nicht mehr darüber hören wollte.

Früher hätte ich ihm eine Frage gestellt, um das verlegene Schweigen zu überbrücken. Doch ich hielt das für überflüssig. Stattdessen überlegte ich, wie ich es meiner Tante Sheila beibringen sollte.

Ich hatte ihr nicht gesagt, dass ich verreisen wollte. In meiner Feigheit hatte ich meine Tante Sasha gebeten, das zu übernehmen, denn sie war die einzige, die offenbar nicht auf Tante Sheilas Lob angewiesen war. Tante Sasha war das genaue Gegenteil ihrer Schwester – laut, lebendig und begeisterungsfähig. Als Kind hatte ich gern mit ihr gespielt, weil sie selbst unglaublich kindisch war und deshalb meine Fantasiewelt gut verstand. Sie wusste, warum Menschen Lust hatten, sich zu verkleiden und jemand anderer zu sein. Deshalb ging sie mit mir in Bollywood-Filme, bat mich aber, Sheila zu sagen, wir seien im Park gewesen und hätten an der frischen Luft gespielt. Allerdings kam die Wahrheit stets irgendwann ans Licht, denn Tante Sasha war nicht gut darin, ein Geheimnis zu bewahren. Und dann war stets die Hölle los. Tante Sheila konnte es nämlich auf den Tod nicht ausstehen, wenn jemand sie belog.

Ich überlegte, ob ich den Taxifahrer bitten sollte, einen Umweg über das Krankenhaus zu fahren, wo Onkel Bali arbeitete, damit ich zuerst mit ihm sprechen konnte. Dann jedoch befürchtete ich, ich könnte dem Fahrer damit Umstände machen. Ein Fraktalmuster und einen Traumtänzer zu sehen, bedeutete also nicht automatisch, dass man nicht mehr von allen gemocht werden wollte. Ich nahm mich zusammen.

„Entschuldigen Sie, aber könnten sie einen kleinen Umweg fahren und kurz am Krankenhaus halten?", fragte ich.

Er seufzte zwar auf, änderte aber die Richtung.

Als ich hereinkam, saß Onkel Bali vornüber gebeugt an seinem Schreibtisch und las. Er blickte auf, und seine Miene war im ersten Moment erschrocken. Doch sofort wurden seine Züge weicher, und eine Mischung aus Erleichterung und Besorgnis spiegelte sich in seinem Blick.

„Molu, wo warst du? Wir sind vor Sorge fast gestorben."

„Ich war zu Hause, Papa", erwiderte ich.

Ich erkannte das Unbehagen in seinen Augen, und er rang nach den richtigen Worten. „Umbica Naravalam?", stammelte er mit belegter Stimme.

Ich nickte und musste seinem Blick ausweichen. Dennoch wollte ich sofort auf den Punkt kommen. Keine steifen Gespräche neben der Modelleisenbahn, keine Verstellung mehr. „Ich weiß über Tante Kurmilla Bescheid ..."

Onkel Balis Gesicht wurde traurig, und er ließ die Schultern hängen. „Es tut mir leid, Molu", flüsterte er mit zitternder Stimme. „All die Jahre wollte ich es dir sagen, aber es war so kompliziert.“

Auch mir traten Tränen in die Augen, und ich hatte Mühe, meine Gefühle zu beherrschen. „Für mich war es, als hättest du mir einen Teil meiner Geschichte weggenommen. Ich habe lange darüber nachgedacht, warum du das getan hast. Vielleicht hätte ich ja genauso gehandelt. Aber du hättest so viele Lücken füllen können. Möglicherweise wären wir einander nähergekommen.“

Onkel Balis Augen flossen über, und er schlug die Hände vors Gesicht. Ich kam näher und legte die Arme um ihn.

„Es tut mir so leid“, stieß er hervor, so leise, dass ich ihn kaum hören konnte. „So entsetzlich leid.“

Wir saßen zusammen da. Zum ersten Mal fanden wir Trost in der Gegenwart des anderen.

„Schauspielerin?“

Zweifellos hatte Tante Sheila Bilder von einer hilflosen Schönheit und einem Exhibitionisten vor Augen. Untermalt von Discomusik. Und dann kam der unvermeidliche Tanz.

„Aber, Molu. Es ist ja schön und gut, wenn man Träume hat. Aber ein Traum ist eben nur ein Traum, nicht die Wirklichkeit. Was hat man denn noch, wenn man seine Träume Wirklichkeit werden lässt? Nichts. Nichts als Enttäuschungen.“

Wie sollte ich ihr erklären, dass ich meinen eigenen Berg bestiegen hatte, der viel höher war als die Mauern aus Angst und Schmerzen? Ja, ich hatte Ängste, doch in dem Moment, als ich gesagt hatte, dass ich glaubte, hatten sie sich in Luft aufgelöst. Und als ich geglaubt hatte, hatte ich den Traumtänzer gesehen. Ich hatte die Grenzen zwischen dem Praktischen und dem Unlogischen bereits verwischt.

„Wenn man sie nicht Wirklichkeit werden lässt, lebt man

trotzdem mit einer Enttäuschung, nur eben mit einer stummen. Ich weiß nicht, was schlimmer ist“, erwiderte ich.

„Hör auf mich. Ich kenne mich aus“, entgegnete sie streng.

„Ma, ich weiß, dass du mich irgendwo tief in deinem Innersten verstehen wirst. Erinnerst du dich noch an die Zeit, als du am glücklichsten warst? Als du in Goa über den Strand gelaufen bist?“

Fassungslos starrte sie mich an. „Nein, Molu, du irrst dich. Am glücklichsten war ich, als Bali dich zu mir gebracht hat und als ich dich zum ersten Mal in den Armen hielt.“

Ich hätte weinen können.

„Geh und tu es“, fügte sie drängend und mit einer plötzlichen und unerwarteten Zustimmung im Blick hinzu. „Ich weiß, dass du ihn gesehen hast. Geh und folge ihm.“

Erstaunt sah ich sie an, und auf meinem Gesicht breitete sich ein strahlendes Lächeln aus. Als sie die Arme ausbreitete, fiel ich ihr um den Hals.

Draußen war der Winter wie ein schwerer Stein vom Himmel gefallen. Die Kreise, die von ihm ausgingen, sorgten dafür, dass selbst die wärmsten Stellen gefroren. Die Bäume fühlten sich in ihrer Kahlheit kalt an und reckten ihre Äste. Geduldig warteten sie darauf, dass der Schnee sich auf sie legte und in sie einsickerte. Sie schützten die Häuser und deren Bewohner nicht mehr vor Blicken. Jedes Haus stand nackt da und musste sich den Störungen unter seinem Dach stellen. Einige von ihnen tarnten das hinter weihnachtlicher Dekoration. In unserem Haus hatte das Theaterspielen ein Ende.

Wenn alle Ausflüchte, hinter denen man seine Angst verbarrikadiert hat, endlich fallen, kann man nicht mehr anders, als voranzuschreiten, zu tun, was man tun muss, und der Mensch zu sein, der man wirklich ist.

SHEILA

Bis jetzt habe ich immer gedacht, dass die Bedeutungsschwere eines Problems davon abhängt, wie viel Wichtigkeit man ihm zubilligt. Nur, dass diese Theorie, wie so manche andere, in tausend Scherben zersprang, als man mir mitteilte, ich könne keine Kinder mehr bekommen. Genau genommen ergab alles, woran ich bis dahin geglaubt hatte, plötzlich keinen Sinn mehr. Und zwar seit dem Tag, als ich meinen Sohn sah, so klein, so zart und tot geboren.

Man reichte ihn mir, in eine weiche blaue Decke gewickelt. Mein Baby war leblos, fühlte sich jedoch nicht schlaff und kränklich an. Wenigstens weigerte ich mich, das wahrzunehmen. Stattdessen hoffte und betete ich, dass er aus seinem tiefen Schlaf aufwachen würde. Ich legte ihn auf meine Brust und begann, ihn hin und her zu wiegen, um ihm wieder Leben einzuhauchen. Aber vergeblich. Als die Schwester kam, um ihn zu holen, unterdrückte ich meine Tränen, küsste ihn auf die Stirn und sagte ihm, wie leid es mir täte, dass ich ihn im Stich gelassen hätte. Ich sei daran gescheitert, ihn zu beschützen und ihn wohlbehalten auf die Welt zu bringen.

Dann gab ich mein Baby her, ohne Widerstand zu leisten – ich hatte es nicht verdient.

Als die Schwingtür hinter der Schwester zufiel, flogen all meine Hoffnungen und Träume mit meinem Sohn davon, und ich wurde von abgrundtiefer Verzweiflung und Trauer ergriffen. Die blieben in mir zurück, um dort zu schwären, während man mich wieder zunähte. Mein Mann Bali sah zu. Er sagte nichts. Er tat nichts. Er weinte auch nicht.

Dann ließ er mich dort liegen, fuhr nach Hause und beseitigte sämtliche Spuren dafür, dass unser Baby je existiert hatte. Er stopfte alle Kinderkleider in schwarze Müllsäcke und schraubte Wiege und Wickelkommode auseinander. Nachdem er die Babysachen zusammengepackt hatte, spendete er sie alle einem Sozialkaufhaus. Und zu guter Letzt übermalte er die sonnengelben Wände mit Krankenhausweiß und machte die Zimmertür hinter sich zu.

Wir sprechen nie über diesen Tag, ja, wir erwähnen ihn nicht einmal. Bali ahnt nicht, dass ich unseren Sohn Daniel genannt habe. Ich habe ihm keinen Hindu-Namen gegeben.

Da die Operationswunden gut heilen, schicken sie mich nach Hause, doch in mir tobt weiter ein Schmerz, ohne dass es dafür eine körperliche Verletzung gäbe. Das Gefühl der Einsamkeit macht es noch schlimmer. Am liebsten würde ich nur noch schreien und schreien und nie wieder aufhören. Ich sehne mich danach, dass jemand mir erklärt, warum. Dass mich jemand versteht und mir sagt, dass es nicht meine Schuld ist. Zwischen diesem Wunsch und meinen Grübeleien schwanke ich hin und her.

Diese endlosen Grübeleien darüber, was ich nun nicht haben, nicht berühren kann, erfüllen meine Tage. Meine Sinne sind grausam und scheinen sich verschworen zu haben, mich an den süßlich-bitteren Geruch nach Erbrochenem und Talkumpuder zu erinnern. Die Augen sehen plötzlich überall Kleinkinder. Und die herumflatternden Schmetterlinge berühren sacht meine Haut wie die Fingerspitzen eines Babys. Dann denke ich wieder und wieder an ihn und erschaffe ein Leben für ihn, aus den Bruchstücken von Erinnerungen an Dinge, die nie stattgefunden haben.

Ich trete in sein Zimmer und sehe unter der weißen Farbe die gelben Wände. Ich kann ihn auch friedlich schlafen sehen, obwohl da gar kein Bettchen mehr ist. An guten Tagen versuche ich, der Sinnlosigkeit einen Sinn zu geben, indem ich mir einrede, dass es eben so bestimmt war. Dass das Leben weitergeht. Und das Leben geht auch weiter, in Form eines schwarzen Loches, sodass ich aufpassen muss, damit ich nicht hineinfalle. Und so sitze ich neben meinem Mann und bin ganz allein.

Etwas mehr als zwei Jahre nach meiner Entlassung aus dem Krankenhaus kam meine Tochter zu mir. Es war ein kalter, windiger Tag. Ich war oben und bügelte, in der Hoffnung meine Nervosität dadurch ebenso glätten zu können wie die Knitter in Balis Hemd. Dann hörte ich den Schlüssel im Schloss, und Bali rief, sie seien jetzt da. Ich ließ das Bügeleisen stehen und eilte nach unten. Dabei wischte ich mir die Tränen aus den Augen, um unserem kleinen Mädchen keine Angst zu machen. Ganz reglos stand sie da. Ihre großen braunen Augen blickten beinahe eisig drein und starrten mich einfach nur an. Als ich sie fest umarmte und küsste, ließ sie es reglos über sich ergehen.

Molu, „unsere Tochter", trug ein zerknautschtes weißes Kleid mit einer riesigen roten Schleife. Sie war mager und so zart und zerbrechlich. Allerdings war sie bei ihrer Ankunft auch in vielerlei Hinsicht angeschlagen. Sie war Balis Nichte, doch er hatte keinen Kontakt mehr mit seiner Familie gehabt, bis der Briefträger uns die Nachricht vom Tod seines Bruders und seiner Schwägerin überbrachte. Der Busfahrer war übermüdet gewesen. Vielleicht hatte er auch einen Palmwein zu viel getrunken. Möglicherweise war der Bus auch überfüllt, oder er hatte einfach nicht rechtzeitig die Bremse gefunden. Jedenfalls kamen sämtliche Fahrgäste, die vorne im Bus standen, ums Leben. Molus Eltern waren auch dabei.

Molu, die sonst am Sarizipfel ihrer Mutter Nirmilla gehangen hatte und ihr nicht von der Seite gewichen war, als weigere sie sich, die Nabelschnur loszulassen, hatte aus irgendeinem Grund an jenem Tag nicht im Bus gesessen. Allerdings sagte man ihr das nie. Um ihr schlechtes Gewissen zu beruhigen, weil sie ihre Tochter nicht mitgenommen hatte, hatte Nirmilla ihr Süßigkeiten, Erdnüsse und zu Tieren geformte Ballons gekauft. Die Sachen lagen jetzt alle am Straßenrand.

Das Kind blieb bei seiner Großmutter. Bali erhielt ein Telegramm, in dem man uns das mitteilte. Ich flehte ihn an und beteuerte, das sei doch ein Zeichen, dass es uns bestimmt sei, für sie zu sorgen. Er sagte und tat nichts. In meiner Verzweiflung schrieb ich an ihre Großmutter und bettelte sie an, uns das Kind zu überlassen, damit wir ihm ein besseres Leben ermöglichen könnten. Der Wunsch wurde zu einer fixen Idee, die mich bald ganz und gar vereinnahmte und dazu führte, dass ich ihr jeden Tag verrückte Briefe schrieb. Briefe, die ich heute bereue. Sie addieren sich zu der Liste der vielen anderen Dinge, die mir inzwischen leidtun. Doch der wirre Haufen an Dingen, die ich bedauere, hat sich mittlerweile so hoch in mir aufgetürmt, dass ich ihm nicht mehr entrinnen kann.

Ein Jahr später erhielten wir neue Nachrichten. In Molus Großmutter wuchs ein Geschwür, weshalb sie es für das Beste hielt, wenn das Kind zu uns zog. Sie glaubte, dass wir der Kleinen einen besseren Start ins Leben ermöglichen konnten.

Es war für uns alle sehr schwer, weshalb es keinen Sinn hat, Salz in alte Wunden zu streuen. Jedenfalls war es schwer für Molu, das weiß ich, und als der Briefträger nach einigen Monaten die Nachricht vom Tod ihrer Großmutter überbrachte, sagte ich ihr nichts. Ich hielt es für das Beste, wenn sie die Vergangenheit vergaß und von vorne anfing. Ich war so naiv zu glauben, ich könnte einen neuen Traum leben.

Was ist ein Traum? Etwas, wonach man sich sehnt? Und wenn es dann in Scherben bei einem eintrifft, verbringt man den Rest seines Lebens damit, es in Ordnung zu bringen? Und was ist mit den Träumen, die man nicht verfolgt hat, obwohl man es wollte? Fliegen sie einfach davon und lassen sich bei jemand anderem nieder? Wo kämen wir denn hin, wenn jeder seinen Träumen nachjagen würde? Was ist mit der Pflicht? Der Pflicht, die dafür sorgt, dass wir fest in der Wirklichkeit geerdet bleiben.

Was, wenn ich wirklich mein Herz öffnen würde? Was würde dann aus dem Gefühl, alles im Griff zu haben, das mein Lebensanker ist? Würde ich dann einfach davonschweben? Und wenn ja, was käme dann?

Vermutlich noch mehr Schmerzen. Und deshalb behalte ich alles im Griff und klammere mich fest an die Gegenwart. Das ist ungefährlicher. Das tut weniger weh.

Ich glaube, dass ich dieses Kontrollbedürfnis von meinem Vater geerbt habe. Seltsam, wie sich ein einziges Gen mitten im Leben plötzlich nach vorne drängt und sagt: „Du hast mich von deinem Vater. So, da bin ich, und jetzt komm mit mir klar." Man sieht zu, wie es sich entwickelt, und versucht, nicht darauf zu achten. Doch je mehr man es ignoriert, desto größere Macht verleiht man ihm. Ebenso sonderbar ist es, dass man sich später im Leben in Situationen und Beziehungen begibt, vor denen man die ganze Kindheit lang zu fliehen versucht hat. Obwohl man sich geschworen hat, seinen eigenen Kindern solche Bedingungen zu ersparen, stellt man sie wieder her, ohne es zu wollen. Und so setzt es sich immer weiter fort.

Meine Eltern stammten aus der Mitte Indiens, von der Küste, wo die heftige Meeresbrise viele Generationen von Schiffen mit Seeleuten, Piraten, Missionaren und Portugiesen an Bord angelandet hatte. Mein Vater war beim Militär, und obwohl in ganz Indien Soldaten eingezogen wurden, blieb Goa neutral. Dennoch arbeitete mein Vater heimlich für die britische Armee. Gut, so heimlich nun auch wieder nicht, weil er es überall herumerzählte. Jedenfalls zog er in die Schlacht und kehrte ein knappes Jahr später zurück. Es war ihm gelungen, den Zweiten Weltkrieg zu überleben, obwohl viele seiner Kameraden als gebrochene Männer oder gar nicht nach Hause kamen.

Mein Vater führte seine Rettung auf seinen Glücksknopf zurück, der die für ihn bestimmte Kugel nur wenige Millimeter vor seinem Herzen abgefangen hatte. Und so saß er auf dem Marktplatz und ließ seinen Glücksknopf vor den Nasen derer baumeln, die einen geliebten Angehörigen verloren hatten und sich verzweifelt nach irgendeiner Nachricht von den letzten Momenten ihres Ehemannes, Sohnes oder Bruders sehnten.

Mein Großvater, der diese Geschichten glaubte, wollte unbedingt, dass mein Vater seine Tochter zur Frau nahm. Die Ehe war zwar nicht arrangiert, doch mein Großvater tat sein Möglichstes, um die beiden miteinander zu verkuppeln. Da er ein reicher Mann war, veranstaltete er Tanzabende auf dem Marktplatz, damit sie sich besser kennenlernten.

Meinem Vater fiel es nicht schwer, sich in meine Mutter zu verlieben, denn sie war sehr schön und hatte viele Verehrer. Außerdem lag es meinem Vater im Blut, das haben zu wollen, was auch die anderen begehrten. Meine Mutter muss es hingegen Überwindung gekostet haben, denn er war nicht unbedingt ein anziehender Mann. Doch man sagte ihr, dass er Mut und Integrität besaß, und das waren die Dinge, die für sie am meisten zählten.

Also heirateten sie und bezogen ein Haus, das mein Großvater für sie gekauft hatte. Das Haus war weiß, bestand aus massivem Stein und wurde von allen „die Kapelle" genannt. Gleich auf der anderen Straßenseite erhob sich am Marktplatz die tatsächliche Kapelle, hellrosafarben gestrichen und von zwei riesigen Palmen flankiert. Als ich ein Jahr später zur Welt kam, gab sich mein Vater nicht einmal Mühe, bei meinem Anblick Interesse zu heucheln. Ihn ärgerte es, dass jetzt noch jemand im Haus war, der die unablässige Aufmerksamkeit meiner Mutter von ihm ablenkte. Fünfzehn Monate später wurde meine Schwester Sasha geboren, was ihn noch übellauniger machte. Um des lieben Friedens willen, wurde meine Mutter immer unterwürfiger. Außerdem wandte sie sich zunehmend Gott zu, der die Leere in ihr füllte.

Alle Erinnerungen, die ich mit meiner Mutter verbinde, haben mit Gott zu tun, dem sie einen unverhältnismäßig großen Teil ihrer Zeit zu widmen schien. Ja, sie versorgte uns, gab uns zu essen und saubere Kleider und steckte uns in die Wanne, aber in Gedanken war sie stets anderswo. Sie sprach seinen Namen aus, so oft sich dazu die Gelegenheit ergab, und ließ uns nie vergessen, dass ER unser wichtigstes Familienmitglied war. Jeden Sonntag mussten wir IHN besuchen. Meine Mutter zog meiner Schwester und mir unsere besten Kleider an und ging mit uns in die echte Kapelle, wo wir für die Reinigung unserer Seelen beteten, bis diese so blitzblank waren wie die Stiefel meines Vaters. Mit militärischer Disziplin zählte sie die Perlen ihres Rosenkranzes ab. Wenn sie ihn dreimal umrundet hatte, blickte der Priester stets auf und stimmte das Vaterunser an.

Trotz der Allgegenwärtigkeit Gottes in unserem Haus war es mein Vater, der dort das Sagen hatte, und er führte es wie eine Kaserne. Um Punkt sechs Uhr wurden wir von ihm mit einem Hornsignal geweckt. Dann trug er meiner Schwester und mir verschiedene Hausarbeiten auf, deren Durchführung er anschließend inspizierte. Da das Ergebnis nie seinen Vorstellungen entsprach, war stets irgendeine Form von Strafe fällig. Wir konnten ihm einfach nicht genügen.

Es war unmöglich, ihn zufriedenzustellen. Diese Lektion lernte ich, als ich sieben war. Ich hatte Tee für ihn gekocht und brachte ihm vorsichtig eine Tasse. Nachdem mein Vater einen Schluck gekostet hatte, sah er mich an, spuckte aus und goss den restlichen Inhalt der Stahltasse auf den Boden. Dann befahl er mir, die Pfütze aufzulecken, stand einfach daneben und weidete sich an meiner Demütigung. Ich schloss die Augen und gehorchte. Nach diesem Zwischenfall hörte ich auf, mich anzustrengen, und manchmal wünschte ich mir, ihm möge etwas Schreckliches zustoßen. Da ich Gottes Missbilligung spürte, bereute ich natürlich und ging zur Beichte, um meine Gedanken zu reinigen. Meine Schwester Sasha war da anders. Sie tat alles für sein Lob und gab sich immer größere Mühe, weshalb sie sein Lieblingskind war.

Mein Vater arbeitete nicht, sondern lebte von seiner Militärpension und hauptsächlich von dem Geld, das er von meinem Großvater geerbt hatte. Dieses Geld vergeudete er beim Kartenspielen auf dem Marktplatz oder mit ausufernden Familienfeiern zu Weihnachten und Ostern. Für ihn waren es Gelegenheiten, seine Freunde und Verwandten einzuladen, und man konnte sich darauf verlassen, dass er früher oder später die Geschichte mit dem Glücksknopf zum Besten geben würde. Dann bekreuzigte sich meine Mutter stets und sagte, wir müssten Gott für seine Gnade danken, weil er verschont geblieben war.

Wir alle wurden Zeuginnen der soldatischen Fähigkeiten meines Vaters, als mitten in einer heißen Sommernacht ein Einbrecher in unser Haus eindrang. Als ich von unten Geräusche hörte, lief ich zu meinen Eltern, um sie zu wecken. Mein Vater übernahm sofort das Kommando und befahl meiner Mutter und mir, die Lage zu sondieren. Ich glaube, er wollte dadurch Zeit gewinnen, um seine Uniform anzuziehen und eine Strategie zu entwickeln, bei der es auf taktisch geschicktes Eingreifen ankam. Bis er damit fertig war, hatte meine Mutter den Einbrecher längst mit einer ihrer Bratpfannen niedergeschlagen.

Als das Gepolter verklungen war, konnte ich nur das

Gelächter meiner Mutter hören. Mein Vater hastete nach
unten, setzte sich rittlings auf den Einbrecher und gab ihm
mit einigen laut knallenden Ohrfeigen den Rest. Meine
Mutter stand nur da und sah zu. Ihr Lachen verklang, als sie
den Kopf senkte, zurückwich und ihm die Bühne überließ. Es
war eine Haltung, die sie während ihrer ganzen Ehe beibehielt.
Sonst kann ich über meine Mutter eigentlich nicht viel erzählen. Nur, dass sie wie ein Schatten hinter meinem Vater
herschlich. Ansonsten führte sie lange Gespräche mit Gott,
weshalb nur ER sie wirklich kannte.

Sasha und ich besuchten die Klosterschule, nicht sehr weit von
unserem Haus entfernt. Sie wurde von Schwester Eugenia
geleitet. Obwohl es in der Klosterschule noch mehr
Vorschriften und Regeln gab als zu Hause, ging ich gerne hin,
da ich so meinem Vater entkommen konnte. Fast alle
Mädchen in unserer Stadt gingen auf diese Schule, und wenn
man im Viertel meinen Namen erwähnte, wusste jeder sofort,
wer gemeint war. Ich trug nämlich den Spitznamen „Die
Sünderin", weil ich meine Zöpfe löste und wie eine Wilde
durch die Schulflure tobte. Die Nonnen liefen hinter mir her
und beteten für meine Seele, die ihrer Ansicht nach bereits
verloren war. Schwester Eugenia drängte mich, in ihrem
Beisein zu beten. Schwester Maria nickte dann, doch sobald
Schwester Eugenia fort war, sagte Schwester Maria, meine
Seele sei gar nicht verloren. Stattdessen strahle sie so hell, dass
es in den Augen schmerze, sie anzusehen.
    Als ich Schwester Maria kennenlernte, war ich sechs Jahre
alt. Sie hatte ein gütiges, rundes Gesicht und trug die Haube
streng bis zu den Augenbrauen gezogen. Oft fragte ich mich,
was sie wohl darunter hatte. Manchmal stellte ich sie mir kahl-
köpfig vor, manchmal mit kurzem, zerzaustem Haar. Und so
zog ich ihr, als ich eines Tages bei ihr saß, einfach die Haube
vom Kopf. Sie hatte langes schwarzes Haar, das ihr Gesicht

noch schöner aussehen ließ. Anstatt mich, so wie alle anderen, zurechtzuweisen, seufzte sie nur.

„Ach, ach, du wirst es einmal nicht leicht haben, meine Kleine." Mit diesen Worten drückte sie mich fest an sich, um mir all ihre Wärme, ihr Mitgefühl und ihr Zutrauen einzuflößen.

Sie förderte mich und versuchte, all meine fehlgeleitete Energie umzulenken, indem sie mich ermutigte, im Chor zu singen und im Schultheater mitzuwirken. Obwohl ich manchmal am liebsten falsch gesungen oder den Text geändert hätte, tat ich es nie, denn wenn ich bei Schwester Maria war, erhaschte ich einen Blick auf Gott. Nicht auf den Gott, mit dem man mir gnadenlos die Tage und Jahre vollstopfte, sondern auf die zeitlose Gegenwart einer bedingungslosen Liebe.

Als ich ein Teenager wurde, gab es keine Prügelei, die ich nicht angefangen oder in die ich mich nicht zumindest eingemischt hätte. Meine Schwester Sasha stand still und unauffällig zwischen den johlenden Mädchen und rannte dann prompt nach Hause, um mich bei meinem Vater zu verpetzen. Inzwischen verstehe ich ihre Gründe, denn sie sehnte sich nach seiner Aufmerksamkeit. Und dennoch verletzte mich ihr Verhalten mehr als alles, was er mir je antun konnte.

Seine unzulänglichen Versuche, mich mit seinem Gürtel zur Räson zu bringen, hinterließen zwar Striemen, die jedoch dank der Anerkennung meiner Freundinnen rasch heilten. Es gelang ihm einfach nicht, mich zu erniedrigen oder meinen Willen zu brechen. Ich wurde nur umso trotziger, während er zunehmend daran scheiterte, das Wilde in mir zu bändigen. Am nächsten Tag kam es prompt wieder zu einem Vorfall, und so ging es immer weiter und weiter. Das änderte sich erst, als ich fünfzehn wurde, und zwar nicht wegen der Schläge meines Vaters, sondern wegen eines Jungen mit dem Namen Rodrigo Fernandez.

Rodrigo war siebzehn, als seine Familie zwei Häuser weiter einzog. Er fiel mir sofort auf, als er seinem Vater half, ihre Sachen vom Wagen zu laden. Sein Lächeln war es, das ich als erstes bemerkte: Es war sehr warm, voller Zuneigung und echt, so wie das von Schwester Maria. Meine Schwester Sasha, die spürte, dass sich in mir etwas regte, behauptete, er habe nur sie angelächelt. Ich tat, als ginge mich das alles nichts an.

Rodrigo besuchte die Schule gegenüber von meiner Klosterschule, und so begegneten wir einander eines Tages auf dem Nachhauseweg. Er kannte meinen Namen, denn er hatte ihn meinen Vater oft genug brüllen gehört. Ich fragte mich, was er wohl sonst noch gehört hatte.

Obwohl ich ihn mochte, verhielt ich mich abweisend und beantwortete seine Fragen nur einsilbig. Als ich nach Hause kam, musste ich weiter an ihn denken. Rodrigo hatte mir erzählt, er habe von den Zwischenfällen in der Schule gehört, und wollte wissen, warum ich das tat. Dafür hatte sich bis jetzt noch nie jemand interessiert. Ich hätte gerne geantwortet, ich sei eben ein wildes Mädchen, aber vielleicht war das ja gar nicht der Grund. Es ging mir eher darum zu zeigen, was sich in meinem Inneren abspielte. Mein Ich musste seine Stärke beweisen. Rodrigo brachte mich dazu, Fragen zu beantworten, die ich mir nicht einmal selbst hatte stellen wollen. Außerdem zwang er mich, mich der Angst vor Zurückweisung zu stellen, die mein Vater in mir auslöste.

Und so kratzte Rodrigo weiter an meinem Panzer. Jeden Nachmittag um vier erwartete er mich vor der Schule. Obwohl ich es niemals zugegeben hätte, konnte ich das Läuten kaum erwarten, denn dann würde ich ihn wiedersehen und mit ihm nach Hause gehen. Es war nicht nur die körperliche Anziehung. Durch unsere Gespräche erweiterte er meine Welt, denn er erzählte mir von all den Möglichkeiten, die außerhalb unserer kleinen Stadt existierten. Außerdem spornte er mich an, in der Schule fleißiger zu sein, damit ich meine Gedanken mit ihm teilen konnte. So lernte ich durch ihn, mich selbst zu mögen. Obwohl wir beide wussten, dass zwischen uns etwas Starkes war, berührten wir einander in all den Monaten nicht und hielten uns auch nicht an den Händen. Vielleicht hätten wir es tun sollen. Vielleicht hätten wir so die Anspannung lösen können, die sich immer mehr in uns aufbaute.

Meine Mutter mochte Rodrigo, weil seine Familie auch katholisch war, und wenn mein Vater nicht zu Hause war, lud sie ihn zu uns ein. Mein Vater hatte uns zwar zusammen durch die Stadt spazieren sehen, erhob aber erstaunlicherweise keine Einwände. Zu meiner großen Überraschung war er sogar einverstanden, als Rodrigo ihn um Erlaubnis bat, mit mir zum Weihnachtstanz auf dem Marktplatz zu gehen.

Ich wagte nicht, ihn zu lieben. Das heißt, ihn wirklich zu lieben. Und trotz meiner Aufregung bei der Vorstellung, dass er mich beim Tanzen an der Hand nehmen würde, war mir gleichzeitig flau im Magen. Als ich mein grünes Chiffonkleid anzog, saß meine Schwester auf meinem Bett und beobachtete mich. Immer wieder kämmte ich mein Haar und steckte es dann zu einem Knoten auf. Rodrigo erschien genau um die verabredete Zeit, um mich abzuholen.

Doch wir gingen nicht zum Tanz. Vor der Kapelle hatte ein Bus angehalten. Er fuhr zum Meer. Rodrigo bemerkte, dass ich den Bus anstarrte. Er sah mich an, und schon sprangen wir beide hinein. Auf der Fahrt wechselten wir kein Wort, aber wir verstanden einander.

Als wir ankamen, war es schon später Abend. Die Luft roch nach den Fischen, die die Fischer gefangen hatten. Der Mond spiegelte sich glitzernd in den Wellen, und das Meer lockte. Ich sprang aus dem Bus, noch bevor er richtig stand, zog die Schuhe aus, löste meine Frisur und rannte und rannte den Strand entlang. Rodrigo lief hinter mir her und lachte, weil er mich nicht einholen konnte. Und dann warf ich mich in meinem besten Kleid ins Meer. Rodrigo rief meinen Namen. Er rief mir nach, bis ich ihn nicht mehr hören konnte.

Beim Schwimmen erfüllten die Wellen jeden Teil meines Körpers mit Kraft, und das innere Frieren verschwand. Stattdessen leuchtete etwas in mir, bis ich mich völlig lebendig fühlte. Als ich zum Strand zurückkehrte, saß Rodrigo da und hatte die Hände vors Gesicht geschlagen. Tränen strömten ihm über die Wangen.

Ich berührte sein Gesicht, doch er schob meine Hand weg und schüttelte den Kopf. Dann stand er auf, drehte sich um, packte mich und schwor, er werde mich nie wieder aus den Augen lassen. Er küsste mich, und ich gestattete mir, ihn zu lieben und ihm meine Nacktheit zu zeigen.

Wir zündeten am Strand ein Feuer an und saßen eng umschlungen davor. Zum ersten Mal im Leben musste ich niemandem etwas beweisen, denn da war ein Mensch, der mich liebte, und zwar einfach nur um meinetwillen.

Ich war es, die darauf bestand, dass er fortging, um zu studieren, anstatt seine Zeit damit zu vergeuden, auf mich zu warten. Es kostete mich Mühe, ihn zu überreden, und er war erst einverstanden, als ich versprach, ihm täglich zu schreiben, was ich auch tat. Wir hatten Pläne, geheime Pläne geschmiedet, zusammen zu bleiben, bis wir unser Studium abgeschlossen hatten. Er wollte Ingenieur werden, ich Lehrerin. Danach wollten wir heiraten.

Bis heute bin ich nicht sicher, ob so eine Liebe Bestand haben kann, oder ob sie nur der Naivität der Jugend geschuldet ist. Jedenfalls schrieb ich eifrig, denn ich glaubte, ebenso wie er, fest daran. Aufgeregt riss ich seine Briefe auf, schnupperte ihren würzigen Duft, hielt Ausschau nach Spuren von ihm und saugte jedes seiner Worte in mich auf. Ich war erfüllt von den Illusionen, die Naivität eben so mit sich bringt. Es ist ein Zustand, in dem man sich für allwissend hält.

Eines Tages hörten die Briefe plötzlich auf. Nervös wartete ich jeden Tag auf den Briefträger und schützte manchmal sogar Krankheit vor, um nicht zur Schule zu müssen, aber vergeblich. Die Wochen vergingen. Ich schrieb wie eine Besessene. Sasha meinte, er habe vielleicht jemanden kennengelernt, ein Mädchen seines Alters, das für ihn sicher interessanter sei. Und so wandte ich mich in meiner Verzweiflung einige Wochen später an seine Mutter und fragte sie, ob sich das so verhielte. Sie nickte.

Mein Herz riet mir, nach Nordindien zu fahren, um Rodrigo zu sehen. Ja, ich wollte es unbedingt tun. Ich wollte ihn suchen und ihn wenigstens nach dem Grund fragen. Warum hatte er Hoffnungen in mir geweckt und leere Versprechungen gemacht, die er dann doch nicht halten konnte. Aber ich war zu stolz und hörte nicht auf mein Bauchgefühl.

Erst jetzt weiß ich, dass Stolz schädlich ist, denn er sorgt dafür, dass man sich selbst Steine in den Weg legt. Vielleicht ist man ja stolz, weil man sich wichtig nimmt. Es könnte auch sein, dass das genaue Gegenteil zutrifft: Man erkennt, wie absolut unwichtig man ist.

Jedenfalls wollte ich in meinem Stolz nicht aus Rodrigos eigenem Mund hören müssen, dass er mich nicht liebte. Ich war zu stolz, um zuzugeben, wie viel er mir bedeutete. Also blieb ich, wo ich war. Mein Leben schrumpfte wieder auf die festgelegten Dimensionen der Kapelle zusammen, und ich machte einfach weiter wie gehabt. Ich erlaubte mir nicht, zusammenzubrechen oder auch nur zu weinen. Immer, wenn ich Prügel bezog, ließ ich mir nichts anmerken und verhielt mich stattdessen trotzig. Etwas in mir verlosch, und ich wandte mich praktischen Fragen zu – und sann auf Mittel und Wege, aus dieser Stadt zu verschwinden und irgendwo von vorne anzufangen.

Nie wieder habe ich die Leidenschaft und Energie empfunden, die mich damals beseelte – die Überzeugung, dass ich alles tun und sein konnte, was oder wer ich wollte. Ich weiß nicht, ob das ein Privileg der Jugend ist. Und dann wird mit jedem Jahr ein wenig von dieser Leidenschaft ausgelöscht, bis nichts mehr davon übrig ist.

Nun sitze ich hier in meinem hübschen, ordentlichen und stillen Wohnzimmer, zurückgeworfen auf das, was ich wirklich bin, zugedeckt von siebenundvierzig Lebensjahren. Ich glaube, so etwas passiert eben, wenn man nicht das tut, wovon man wirklich überzeugt ist: Das Leben saugt die Energie ab und verwässert sie, bis man sich mit allem abfindet. Die Furcht meldet sich, und man erklärt seine Zweifel weg, indem man behauptet, es sei eben so bestimmt. Alles andere erscheint einem unmöglich. Und zwar so unmöglich, dass der Verstand sich abschaltet. Man bleibt zwar mit einem Herzen zurück, das es eigentlich besser weiß. Doch dessen Stimme geht irgendwann im Laufe der Zeit im Alltagstrott unter.

Als Rodrigo fortzog, war mein Vater bereits hoch verschuldet. Er hatte den Großteil des Erbes von meinem Großvater verspielt, und bald gaben fremde Leute sich bei uns die Klinke in die Hand. Zuerst holten sie die Möbel ab. Damals wusste ich es noch nicht, doch um diese Leute in Schach zu halten, hatte mein Vater ein Inserat in die Zeitung gesetzt, in dem er einen wohlhabenden Ehemann für mich – seine ältere Tochter – suchte.

Zwei Wochen vor meinem siebzehnten Geburtstag trat Bali in mein Leben.

Niemand wusste viel über Dr. Bali. Weder, wer er war, noch woher er kam. Diese den Hochzeitsvorbereitungen üblicherweise vorangehende Recherchephase wurde übersprungen, weil mein Vater Geld brauchte, und zwar schnell. Bali war Arzt, und das genügte meinem Vater. Dass er außerdem Hindu war, tat nichts mehr zur Sache, denn inzwischen ging es nur noch um die Finanzen. Und das, obwohl mein Vater bis dahin Hindus noch übler behandelt hatte als Unberührbare, falls das überhaupt möglich ist. Niemand fragte sich, warum ein Hindu aus Kerala ein katholisches Mädchen aus Goa heiraten wollte, obwohl es in Südindien genügend ledige Frauen gab.

Zum allgemeinen Erstaunen erklärte ich mich bereit, ihn kennenzulernen, also wurde in dieser Hinsicht kein Druck auf mich ausgeübt. Rückblickend betrachtet war ich vermutlich mit einem Treffen einverstanden, um meine Mutter auf die Probe zu stellen. Ich wollte wissen, ob sie dieser Schritt vielleicht aus ihrer durch nichts zu entschuldigenden Passivität reißen würde, damit sie mich vor all dem beschützte, vor dem sie mich eigentlich schon immer hätte beschützen sollen. Möglicherweise wollte ich es auch Rodrigo heimzahlen.

Bali erschien und klopfte an die Tür der Kapelle.

Beim Anblick von Balis sonnenverbrannter Haut und seinem glänzenden kahlen Schädel war mein erster Gedanke, dass beides so gar nicht zu seinem jugendlichen Gesicht passte. Er trug einen blauen Anzug, der ihm eindeutig zu groß war. Außerdem schien er darin zu schwitzen und sich unwohl zu fühlen. Als ich ihm seinen Tee reichte, streiften seine Finger versehentlich meine. Ich empfand nichts, nur Gleichgültigkeit. Dennoch suchte ich nach Dingen, die mir an ihm gefielen, zum Beispiel, wie manierlich er Tasse und Untertasse von mir entgegennahm. Ich wollte Hinweise auf einen guten Charakter sehen, weshalb mir seine Betonung auffiel, als er „danke" sagte. Verglichen mit meinem Vater klang es so aufrichtig, auch wenn dieser beim Greifen nach der Tasse dasselbe Wort aussprach. Obwohl mein Vater daneben saß und mir streng untersagt hatte, es zu erwähnen, vertraute ich Bali an, dass ich Lehrerin werden wollte. Bali hörte mir zu und stellte mir viele Fragen über meine Lieblingsfächer. Anders als Rodrigo hatte er kein Funkeln in den Augen, und er strahlte auch nicht dessen überschäumende Lebensfreude aus. Aber das war gut so, da derartige Dinge nur zu falschen Versprechungen führten. Bali war ein Mann, der wusste, was er wollte. Rodrigo war ein Junge, der nur glaubte, dass er es tat. Bali konnte mir Sicherheit bieten.

Während ich diese Zeilen schreibe, wird mir klar, dass es sinnlos ist, die Umstände beeinflussen zu wollen, nur um den Schmerz zu betäuben. Ebenso wie es sinnlos ist, sich Sicherheit vorzugaukeln, um sich zukünftige Schmerzen zu ersparen. Denn das Schicksal hat stets seine eigenen Pläne, die es einem offenbart, wenn es die Zeit für gekommen hält.

Mein Vater bestritt den Großteil des Gesprächs und beantwortete die meisten der eigentlich an mich gerichteten Fragen. Bali und ich hatten kaum ein Wort miteinander gewechselt. Wir besiegelten unser Schicksal auf der Grundlage dessen, was mein Vater gesagt hatte.

Ich schrieb an Rodrigo und teilte ihm mit, dass ich heiraten würde. Insgeheim hoffte ich vielleicht, dass er mich holen kommen würde. Ich erhielt nie eine Antwort.

Also stürzte ich mich mit Feuereifer in das Vorhaben, Balis Frau zu werden. Zumindest war es eine Möglichkeit, der Tyrannei meines Vaters und der Unterwürfigkeit meiner Mutter zu entrinnen und in Südindien ein neues Leben anzufangen. Dort gab es einige der besten Universitäten des Landes. Außerdem schien Bali ein freundlicher Mensch zu sein, und das zählte für mich am allermeisten.

Mit den Hochzeitsvorbereitungen wurde ich allein gelassen, und ich warf mich ins Getümmel, ohne dabei an den Tag zu denken, an dem ich tatsächlich Balis Frau werden würde. Meine Mutter rührte keinen Finger. Sie sprach nur noch, wenn sie etwas gefragt wurde, und am Tag meiner Hochzeit weigerte sie sich, aus dem Bett aufzustehen. Es war das einzige Mal im Leben, dass meine Mutter Widerstand leistete. Dabei blieb sie meiner Hochzeit nicht etwa deshalb fern, weil sie hoffte, ich würde es mir noch anders überlegen. Nein, sie war der Ansicht, dass Gott diese Verbindung nicht billigen würde. Da die Hochzeit nach hinduistischem Ritus und nicht mit dem Segen unseres Herrn stattfinden würde, verschanzte sie sich zu Hause, tröstete sich mit ihrem Rosenkranz und hielt wieder einmal Zwiesprache mit Gott, deren Inhalt ich nie erfuhr. Vielleicht fragte sie IHN ja, ob sie mich zurückholen sollte. Ich weiß nicht, ob ER ihr antwortete oder was genau er zu ihr sagte. Jedenfalls erschien sie nicht. Und auch sonst gebot niemand der Trauung Einhalt.

Mein Vater stand stolz aufgerichtet und in voller Uniform neben meiner Schwester Sasha, die ihre Schuluniform trug. Schwester Maria hatte sich diskret in eine Ecke zurückgezogen, doch ich bemerkte sie und stellte fest, dass sie Tränen in den Augen hatte. Von Balis Familie kam niemand bis auf einen Cousin namens Raj. Doch der hätte genauso gut wegbleiben können, denn er versteckte sich hinter einem buschigen Bart und starrte die ganze Zeit nur auf seine Füße.

Ich saß da, das Gesicht geschminkt und hinter dem dicken roten Schleier meines Saris verborgen, ohne die Tragweite dessen, was ich da tat, auch nur zu erahnen. Da war nichts als ein vages Gefühl, dass es zu spät war. Zu spät, den Schleier abzunehmen und wild durch die Stadt zu rennen. Und ja, wenn ich ehrlich bin, konnte ich einen Blick auf den Traumtänzer erhaschen. Doch er tanzte in die entgegengesetzte Richtung. Und wie gesagt war es zu spät. Also lief ich ihm nicht nach.

Nach der Hochzeit fuhren wir auf einer von grünen Reisfeldern gesäumten Straße nach Süden. Die Arbeiter links und rechts hielten in der Reisernte inne, winkten uns zu und wünschten uns Glück. Der Fahrer bedankte sich mit einem Hupen, worauf sie dem Auto nachliefen. Die Kokospalmen zeichneten unseren Weg vor und führten uns zu einem großen, blauen Berg, der den Himmel berührte.

Auf der Fahrt ließ ich die Kapelle und meine Vergangenheit hinter mir. Ich war überzeugt, dass diese Ehe funktionieren würde, wenn ich mich nur bemühte. Wir würden eine gemeinsame Basis finden. Schließlich entwickelte sich eine dauerhafte Liebe aus Freundschaft, und außerdem hatte ich gelesen, dass Kerala wunderschön und genau der richtige Ort war, um von vorne anzufangen. Frauen hatten hier mehr Zugang zu Bildung als in den anderen indischen Bundesstaaten, und schließlich hatte ich mich in den Traum von einem Studium geflüchtet, seit Rodrigo fort war.

Wir übernachteten in einem Hotel in einer Ortschaft unweit von Trivandrum, ein Zwischenstopp, wie ich dachte, bevor wir weiter nach Süden in Balis Heimatdorf reisen würden. Ich würde seine Eltern kennenlernen, Spaß an den Feiern für Jungvermählte haben, und dann würde unser neues Leben beginnen. Am nächsten Tag wachten wir sehr früh auf. Die Sonne schien uns ins Gesicht. Wir standen auf und setzten unsere Reise fort. Zu meinem absoluten Entsetzen stiegen wir in ein Flugzeug und flogen nach London.

So ist das mit der Liebe, von der ständig erzählt wird, der Leidenschaft, um die sich so viele Bücher und Filme drehen. Ich verspürte sie zwar kurz, aber es war nicht von Dauer. Und so beschloss ich zu glauben, dass es eine beständige Liebe in dieser Form nicht geben kann. Dass sie ins Reich der Märchen gehört, während mein Herz fest in der Wirklichkeit verankert ist.

Ich weiß noch, wie ich am Flughafen Heathrow durch einen langen Tunnel ging. Als ich am anderen Ende herauskam, wurde ich von einem großen gelben Schild begrüßt, auf dem in schwarzen Blockbuchstaben die Aufschrift „Willkommen in London" prangte. Bali hatte mir Strickjacken gekauft, die ich über meine Saribluse ziehen sollte. Aber ich weigerte mich. Und selbst wenn ich sie getragen hätte, hätten sie mir nichts gegen die Kälte genutzt, die mir bald entgegenschlagen sollte. Es war eine Kälte, die einem bis ins Mark dringt und einem die Seele verdüstert. Mein letzter Rest Hoffnung löste sich schlagartig in Luft auf. Doch wie meine Mutter mir beigebracht hatte: Finde dich mit deiner Lage ab und erledige, was getan werden muss.

In den ersten beiden Jahren wohnten wir in Conrade Gardens Nummer 74. Die winzige Einzimmerwohnung lag über einem englischen Imbiss, und wir teilten sie mit einigen Mäusen, die dieses Anwesen ebenfalls bevölkerten. Wenn man sich aufs Sofa setzte und zwischen den Polstern etwas suchte, berührte man mit der Handfläche oft ein quietschendes, pelziges Etwas. Anfangs hätte ich schreien können, doch nach einer Weile hätte ich die Biester am liebsten mit der bloßen Hand erwürgt.

Um die Heizung zu betreiben, musste man den Stromzähler mit Zehnpence-Münzen füttern. Dennoch wurde es aus irgendeinem Grund stets mitten in der Nacht kalt, weshalb wir die allgegenwärtige Feuchtigkeit noch stärker spürten. An den Wochenenden brachte ich unsere Sachen in den Münzwaschsalon, wo ich stundenlang dasaß und beobachtete, wie die Trommeln sich drehten, bis die Flecken im Sonntagstrott weggespült waren. Nach dem Waschen packte ich die Kleider in zwei schwarze Müllsäcke und schleppte diese, nun doppelt so schwer wie auf dem Hinweg, wieder nach Hause. Dort hängte ich die nassen Sachen auf, wo immer ich Platz fand. Noch mehr Kälte. Feuchte Kälte.

Die ohrenbetäubende Musik verstummte nie, und das ständige Trommeln hallte mir Tag und Nacht im Kopf wider. Dazu kam ein widerlicher Geruch, inzwischen weiß ich, dass es Fish and Chips war, eingewickelt in fettiges Zeitungspapier. Um alldem zu entfliehen, unternahm ich lange Spaziergänge. Mit Socken in Sandalen und im Sari zog ich in den grauen Straßen ungewohnte Blicke auf mich. Sie waren kalt und abweisend und wurden gelegentlich von einem „Geh doch zurück, wo du herkommst" begleitet. Dennoch marschierte ich weiter und träumte, ich sei frei und liefe mit offenem Haar über einen Strand. Voller Hoffnung auf eine Zukunft voller Möglichkeiten.

Hin und wieder trafen Briefe von zu Hause ein, versiegelt mit dem Geruch nach Reisbällchen von meiner Mutter, die noch immer für mich betete. Sasha schrieb, ohne mich sei nichts mehr wie früher. Mein Vater kritzelte nur seine Unterschrift darunter, begleitet von seinem vollen Namen in Blockbuchstaben.

Ich sparte mir etwas vom Haushaltsgeld ab und schickte es ihnen per Postanweisung, damit sie sahen, wie gut es mir ging. Außerdem schrieb ich lange Briefe, in denen ich ihnen sagte, ich sei sehr glücklich, und fügte auch ein paar Zeilen in Balis Handschrift hinzu, um sie glauben zu machen, dass er neben mir saß.

Allerdings widmete Bali seine Tage voll und ganz der Aufgabe, sein Medizinstudium abzuschließen. Damals wusste ich nicht, dass er noch gar kein Arzt war. Nur eines der vielen Dinge, die ich nicht über ihn wusste. Wenn Bali nicht in der Uni war, war er in der Bibliothek. Und wenn er nicht in der Bibliothek war, war er im Krankenhaus. Ich lenkte mich ab, indem ich mir Bücher aus der Bücherei auslieh und mich in die imaginären Welten anderer Menschen flüchtete. Doch immer, wenn ich ausgelesen hatte, wurde mir die kalte Wirklichkeit, in der ich lebte, nur umso stärker bewusst. Deshalb fing ich an, Bücher über Fakten zu lesen. Fakten, die ich niemandem mitteilen konnte, Fakten über Länder, die ich nie besuchen würde, und Fakten über berühmte historische Personen, die längst tot waren.

Es ist mir unmöglich, jemandem klarzumachen, wie ich mich damals fühlte. In eine Kultur geworfen, die ich nicht verstand – Teekannenwärmer, Stromzähler mit Geldeinwurf, Zehnpence-Stücke und ein kalter, kalter Wind. Es war, als hätte man mich jeglicher Illusion beraubt und der Zeit auf Gedeih und Verderb ausgeliefert. Und so wartete ich darauf, dass es besser wurde, dass endlich ein neues Jahr anbrach, und dann würde alles gut werden. Ich malte es mir aus und träumte davon. Und dann wurde es endlich wahr.

Endlich kam der Neuanfang, denn wir zogen in ein Haus in der Vorstadt. Es war ein kleines Haus mit vier Zimmern, einem großen Garten, netten, höflichen Nachbarn und weißen Gardinen an den Fenstern. Und außerdem war ich schwanger. Ich kann sagen, dass unsere Ehe erst richtig anfing, als ich Bali die Nachricht eröffnete. Er weinte vor Freude, nahm meine Hand und schwor, alles zu tun, um für mich und das Baby zu sorgen. Nie sollte es uns an etwas fehlen. Er vermittelte mir Geborgenheit.

Mit dem Kind in mir wuchsen auch meine Hoffnungen, was die Zukunft anging. Nun hatte ich meine Bestätigung, dass ich mich nicht geirrt und dass ich mich richtig entschieden hatte. Ich begann, Bali wirklich zu lieben. Er nahm sich Zeit für mich, kam früher nach Hause und brachte mir Blumen und in Goldfolie gewickelte Pralinen mit. Endlich hatte ich das Gefühl, geliebt zu werden, denn er forderte mich auf, mich auszuruhen, massierte mir die Füße und gab mir Kosenamen. All diese Dinge erfüllten mich wieder mit einer Liebe, die, wie das Kind im mir, immer größer wurde.

Ich dachte, ich hätte Bali nun richtig kennengelernt. Bali, wie er wirklich in seinem Innersten war, großzügig und stets bereit, sein Möglichstes für andere zu tun. Ich erfuhr, dass er nicht deshalb Tag und Nacht arbeitete, um nicht nach Hause kommen zu müssen. Nein, er tat es, weil er seinen Beruf liebte und seinen Patienten unbedingt helfen wollte.

Bali und ich überlegten uns Namen für unser Baby. Ich wollte dem Baby einen Hindunamen geben und es nach der Hindutradition aufwachsen lassen. Anders als ich sollte es nicht mit Regeln und Vorschriften und in Angst vor einem Gott aufwachsen, der es auf Schritt und Tritt beobachtete. Bali war sehr überrascht. Und so entschieden wir uns für

Arujan, wenn es ein Junge, und Shamilla, wenn es ein Mädchen wurde.

Ich wusste, dass wir einen Jungen bekommen würden.

Ich sprach mit diesem Baby, das einen Platz in mir gemietet hatte: Wenn er trat oder wenn ich spürte, wie er mir seinen spitzen Ellbogen in den Bauch rammte. Wenn er mich bat, Oliven in scharfer Chilisauce zu essen. Wir hörten uns Musik an und lasen zusammen Geschichten. Ich erzählte ihm, wie das Leben war und wie wir für ihn sorgen würden. Manchmal würden wir sehr böse auf ihn sein, er auch auf uns, aber dafür würden wir bestimmt eine Lösung finden. Denn so liefe es eben im Leben. Aber vor allem schwor ich ihm, das zu tun, was meine Mutter bei mir versäumt hatte: Ich würde ihn beschützen und verhindern, dass ihm je etwas Schlimmes zustieße.

Ich schrieb meinen Eltern und teilte ihnen den errechneten Geburtstermin mit. Meine Mutter antwortete, Gott werde mir vergeben, wenn ich das Kind taufen ließe, und schloss mit den Worten, sie werde mir Sasha schicken, um mir zu helfen. Mein Vater schwieg.

Wir strichen ein Zimmer im oberen Stock hellgelb mit einer Bordüre, auf die Entchen aufgedruckt waren. Außerdem kauften wir, dazu passend, einen Kleiderschrank, eine Kommode und eine Wiege.

Und dann, als wir uns eines Tages im Juli zum Essen setzten, platzte meine Fruchtblase. Ich nickte Bali zu. Nervös und erfüllt von freudiger Erwartung, fuhren wir rasch ins Krankenhaus, wo man mir ein weißes Nachthemd gab, das meinen von Zuckungen geschüttelten Körper bedeckte. Bali lief stundenlang draußen auf und ab.

Nichts bereitet einen wirklich auf diese Schmerzen vor. Bohrend, gnadenlos und krampfartig, lassen sie einem gerade genug Zeit, um Luft zum Pressen zu holen. Ich presste mit derselben Anstrengung, die ich in mein ganzes Leben gesteckt hatte, schnappte nach Luft und schrie. Mein Atem ging stockend und stoßweise, und ich war eingehüllt in eine fiebrige Hitze, durch die die Wehen noch unerträglicher wurden. So presste ich mit aller Kraft, bis ich glaubte, dass es nun nicht mehr weiterging. Es war vorbei. Ich gab auf.

Und da, plötzlich, stieg etwas in mir hoch. Ich weiß nicht, woher es kam, aber es war wie eine gewaltige Welle, die presste und das Baby aus mir hinausschob. Ich schrie vor Erleichterung.

Darauf folgte ein erleichtertes Aufseufzen. Ein Lächeln breitete sich auf meinem Gesicht aus, als ich den Kopf wandte, um mein Baby anzusehen. Stille. Kein Babygeschrei, beim ersten Kontakt mit dem ungewohnten Licht. Ich schaute noch einmal hin. Mein Sohn war blau – ein tot geborener Traum. Ich hatte ihn nicht beschützt. Oder vielleicht war ich seiner nicht würdig, und deshalb hatte er mich hier zurückgelassen. Allein.

Meine Schwester Sasha war von meiner Mutter ausgesandt worden, um mich bei der Geburt meines Sohnes zu unterstützen. Allerdings zog sie sofort nach ihrer Ankunft los, um Englands Schokoladenseiten zu erkunden.

Bali machte sich auf die Suche nach ihr, um ihr die Nachricht zu überbringen und sie zurückzuholen, damit sie mir Gesellschaft leistete. Er fand sie irgendwo in einer Hippiekommune, wo sie mit einem Mann aus Port Talbot in einem Wohnwagen nach dem Sinn des Lebens suchte. Da sie zu berauscht von irgendeiner Substanz oder von der Liebe war, schaffte sie es nicht zur Beerdigung. Als sie mir um den Hals fiel und mir sagte, wie entsetzlich leid es ihr täte, empfand ich nur Gleichgültigkeit.

Sasha saß auf meiner Bettkante und füllte die Zeit mit pausenlosem Geplapper, dem ich nur mit halbem Ohr zuhörte. Das hieß, bis sie den Namen Rodrigo Fernandez fallenließ. Ich drehte den Kopf in ihre Richtung und erkundigte mich, ob es ihm gut ging. Daraufhin teilte sie mir mit, er habe geheiratet, kurz nachdem er von meiner Schwangerschaft erfahren habe. Ich ließ sie weitererzählen.

Er hatte Frances, eine von Sashas Freundinnen, geheiratet. Sie hatten sich im letzten Jahr kennengelernt, als Rodrigo wieder nach Hause zurückgekehrt war. Er hatte sich nach mir erkundigt, worauf Sasha ihm einen meiner Briefe gezeigt und ihm gesagt hatte, dass ich mit Bali eine glückliche Ehe führte und in England lebte. Und da hatte er ihr geantwortet, er könne nicht verstehen, warum ich ihn verlassen hatte.

Obwohl das für mich keinen Sinn ergab, fühlte ich mich zu benommen, um nachzuhaken. Doch Sasha erzählte weiter.

Ihre Nachforschungen hatten ergeben, dass unser Vater nur einen einzigen Ausweg aus seiner finanziellen Misere gesehen hatte, und zwar, mich zu verheiraten. Also hatte er erst das Inserat in die Zeitung gesetzt und dann Rodrigos und meine gesamte Korrespondenz abgefangen. Außerdem hatte er sich an Rodrigos Mutter gewandt und ihr eröffnet, er könne eine Verbindung zwischen unseren Familien nicht billigen. Deshalb sei es das Beste, wenn sie behaupten würde, Rodrigo sei nicht mehr an mir interessiert, falls ich sie danach fragen sollte. Und zu guter Letzt hatte er meine Handschrift gefälscht und Rodrigo mitteilt, ich hätte mich in einen anderen verliebt.

Ich bekam einen Kloß in der Kehle, und Tränen liefen mir die Wangen hinab. Er hatte mich geliebt, während mir der Mut gefehlt hatte, mich über meine Angst vor Zurückweisung hinwegzusetzen und zu ihm zu fahren. Und nun war mir seine Zurückweisung bis in eine Londoner Vorstadt gefolgt und in mich hineingekrochen. Sie saß an der Stelle, wo mein Sohn gewesen war, in einem großen schwarzen Loch, das niemand füllen konnte – nicht einmal mein Mann, der nicht wusste, was er mir sagen sollte.

Ich fing an zu schreien und zu schreien und konnte nicht mehr aufhören. Denn ich wollte dort sein, wo mein Sohn jetzt war. Der Arzt kam, gab mir ein Beruhigungsmittel und verschrieb Schlaftabletten und Antidepressiva, um den Schmerz zu vertreiben.

Das Jahr glitt an mir vorbei.

Molu kam, besetzte die Leere und sorgte dafür, dass ich wieder etwas fühlen wollte. Sie bezog das leere weiße Zimmer im oberen Stockwerk und erfüllte es mit ihrem Lachen, ihren Launen, ihren Wutanfällen und ihrem Temperament.

Inzwischen weiß ich, dass es das Einfachste auf der Welt ist, eine schlechte Mutter zu sein. Nur weil man Mutter ist, heißt das noch lange nicht, dass man alles weiß. Eine gute Mutter zu sein ist hingegen die schwierigste Aufgabe von allen. Es ist eine paradoxe Welt. Einerseits möchte man, dass die Kinder Flügel bekommen und fliegen lernen. Andererseits will man diese Flügel beschneiden, damit sie zu Hause bleiben, wo man sie beschützen kann. Man wünscht sich, dass sie einen bedingungslos lieben, weiß aber gleichzeitig, dass sie immer einen Grund für Vorwürfe finden werden. Man will ihnen alles geben, doch man kann es nicht, weil einem klar ist, dass es eben nicht so läuft auf der Welt.

Eine Sindy-Puppe, ein seltsam aussehendes Geschöpf, das nichts wog und keine Hüften hatte, das war es, worum Molu mich permanent anbettelte. Die Puppe war blond und hatte sehr lange Beine. Ich wollte die Puppe nicht kaufen. Und einem Kind zu erklären, warum man sich dagegen sträubt, ist recht schwierig. Was soll man ihm sagen: So ein Körperbild ist schädlich für deine psychische Entwicklung? Vielleicht hätte ich die Puppe kaufen sollen. Doch stattdessen ging ich auf den Markt und kaufte eine hübsche, pummelige Puppe mit roten Locken, die ich Sindy nannte.

Beim Anblick ihrer Enttäuschung krampfte sich mir der Magen zusammen. Aber natürlich musste ich stark bleiben. Schließlich kann man nicht immer nachgeben, so gern man es auch täte. Und so hatte ich in den ersten Jahren ständig das Gefühl, dass Molu so schrecklich enttäuscht von mir war. Das Gefühl hat sich gehalten – bis jetzt. Ich begegnete dieser Enttäuschung mit zunehmender Strenge. Wenn man nicht weiß, wie man mit einer Situation umgehen soll, tut man zuweilen das genaue Gegenteil von dem, was man eigentlich vorhatte. Man steckt so viel Energie in die Aufgabe, immer alles im Griff zu haben, dass die Sache ein Eigenleben entwickelt und die entgegengesetzte Richtung einschlägt.

Ich war immer so stolz auf sie. Ihre Energie war der Embryo des Es-war-einmal-Kindes, das ich einmal gewesen war. Ich sah, wie sie die Jungfrau Maria spielte. Sie schlug den arglosen Josef, betrachtete die kahlköpfige Plastikpuppe in der Gewissheit, dass sie unmöglich das Baby der beiden sein konnte, und warf es dann aus der Krippe. Während die anderen Eltern wegen dieses ungezogenen Kindes empört nach Luft schnappten, kämpfte ich mit dem ungebärdigen Lachen, das in mir aufzusteigen drohte. Wahrscheinlich sah es aus, als würde mir gleich übel werden.

Dennoch musste ich sie zurechtweisen. Denn wenn man die Energie ungezügelt ausufern lässt, wird sie sich irgendwann schmerzhaft an den Grenzen reiben, welche die Wirklichkeit einem setzt. Ich hielt es für das Beste, Molu in den Regeln und Tabus einer Kultur zu verankern, die sie vor Gefahren beschützen würde. Der gemeinsame Nenner von Konformität und Sicherheit, also das, was schon immer gewesen ist.

Ein Kind braucht Disziplin und Wurzeln, Ansonsten fängt es an, nach seinem Ichgefühl zu suchen, nach etwas Flüchtigem also, das sich nicht greifen lässt. Auch wenn das Kind gegen die Stabilität rebelliert, die man ihm zu vermitteln versucht, ist das eigentlich eine gute Sache. Denn rebellieren kann man nur, wenn man weiß, wer man ist und woher man kommt. Wer gegen nichts rebelliert und sich ziellos treiben lässt, mit dem ständigen Gefühl, dass etwas fehlt, der hat es schwer.

Deshalb habe ich Molu in der Geborgenheit der Hindu-Kultur erzogen, obwohl ich katholisch aufgewachsen bin und ihre Sprache nicht beherrschte. Als sie zu uns kam, informierte ich mich über Malayalam-Kurse, um die Sprache zu lernen, und bat Bali, Malayalam mit mir zu sprechen, wenn wir allein waren. Als ich auf Gegenstände zeigte und die Wörter falsch aussprach, sah ich Molu zum ersten Mal lächeln. Sie brachte es mir bei; ich wollte von ihr lernen.

Ich wusste nie, ob sie meine Liebe auch erwidern würde, aber das war anfangs auch nicht so wichtig für mich. Mir kam es darauf an, etwas tun zu können, etwas zu bewirken, und auch darauf, gebraucht zu werden. Das Leben schien langsam einen Sinn zu entwickeln. Die Dinge änderten sich, als sie begann, mich zu lieben. Sie war schon seit vier Monaten bei uns, als sie mich endlich umarmte und küsste. Wir hatten den Tag damit verbracht, Handpuppen aus Socken und Knöpfen zu basteln, und wir übten ein Theaterstück ein, um es Bali vorzuführen, wenn er nach Hause kam. Als es für sie Schlafenszeit wurde, küsste ich sie auf die Stirn. Sie schlang mir die Arme um den Hals und küsste mich auch. Ich kämpfte mit den Tränen, und ich glaube, das war der Moment, in dem die Furcht sich regte. Plötzlich spielte die Liebe eine Rolle, und wenn man liebt, droht immer Gefahr.

Nachdem ich den Eindruck hatte, dass Molu sich bei Bali und mir eingelebt hatte, beschlossen wir, sie zur Schule zu schicken. Am ersten Tag begleitete ich sie, versteckte mich hinter einem Baum und sah zu, wie sie allein spielte. Eigentlich war sie kein schüchternes Kind. Sie hatte nur so viele Veränderungen erlebt, dass sie dadurch vorsichtig geworden war. Obwohl mir klar war, dass sie irgendwann Freundschaften knüpfen würde, wünschte ich mir mit aller Macht, jemand würde sie ansprechen. Und als sie nach zwei Tagen noch immer allein dasaß, beschloss ich, etwas zu unternehmen. Es war zwar nicht ihr Geburtstag, aber ich organisierte eine Feier, wandte mich an einige andere Mütter und lud ihre Kinder ein.

Manchmal ist es schwer zu entscheiden, wann man die Dinge in die Hand nehmen und wann man sie besser laufen lassen soll, damit sie sich von selbst regeln. Die Kinder waren begeistert von dem Clown. Und als ich am nächsten Tag wieder meinen Posten hinter dem Baum vor der Schule bezog, spielte Molu mit einem kleinen Mädchen. Nur, dass dieses Mädchen nicht auf der Feier gewesen war.

Als ich Bali davon erzählte, lachte er und erwiderte, in dieser Hinsicht sei sie genau wie Kurmilla, ihre Tante. Einen Moment lang hatte er sich nicht unter Kontrolle und schwelgte lächelnd in Erinnerungen, was ich bei ihm noch nie zuvor erlebt hatte. Sein Gesicht wurde ganz weich und entspannt. Es war, als habe sich ein bis jetzt geschlossenes Fenster geöffnet, und nur er wisse, was sich dahinter verbarg. Bali sprach nie über seine Vergangenheit und meinte nur, bevor er mich kennengelernt habe, habe er keine gute Kindheit gehabt. Er sei fortgeschickt worden, um zu arbeiten, und habe dann alles Menschenmögliche getan, um es im Leben zu etwas zu bringen. Ich wollte mehr über diese Tante erfahren und wissen, was aus ihr geworden war. Doch ich weiß noch, wie unbehaglich mir angesichts von Balis Verhalten wurde, als ich weiter nachbohrte. Er beendete abrupt das Gespräch, indem er mir mittelte, sie sei tot. Vielleicht hätte ich fragen sollen, ob er mir noch etwas zu sagen habe. Doch ich tat es nicht. Vermutlich befürchtete ich, es könnte etwas sein, das ich lieber nicht hören wollte.

Als Molu in unser Leben trat, verbesserte sich unsere Beziehung beträchtlich, weil wir nicht mehr nur noch umeinander kreisten. Es war nicht mehr wichtig, ob Bali mit mir sprach oder nicht, weil es jetzt um eine dritte Person ging. Bali verbrachte den Großteil der Woche im Krankenhaus und arbeitete fleißig, um ihr jeden Wunsch erfüllen zu können. An den Wochenenden unternahmen wir etwas als Familie, machten Ausflüge oder trafen uns mit anderen Leuten, die Kinder hatten. Möglicherweise geschah es ja aus egoistischen Gründen, dass wir unsere ganze Kraft in dieses Kind steckten und unsere unerfüllten Hoffnungen und Erwartungen auf das kleine Mädchen projizierten. Verwöhnten wir sie? Wahrscheinlich schon. Wir übertrieben es und beschenkten sie mit Dingen, auf die wir als Kinder hatten verzichten müssen. Selbst damals machten wir schon alles falsch.

Nach der Schule ging ich mit ihr zum Tanzunterricht und ließ sie Stunden in klassischer indischer Musik nehmen, was ihr anscheinend Freude bereitete. Doch bei der Aufführung, die ich organisiert hatte, um ihre Fähigkeiten vorzuzeigen, blickte sie mir geradewegs in die Augen, sang ein paar Wörter und fragte dann, ob ich ihr wirklich wehtun wolle. Meine Freundinnen starrten mich verdattert an. Doch statt ihr zu antworten, dass ich sie immer nur hätte beschützen wollen, zerrte ich sie nach Hause. Ich war zu stolz, ehrlich zu ihr zu sein, denn sie hatte mich in aller Öffentlichkeit blamiert. Nichts, was ich tat, würde jemals gut genug sein. Es war ein Muster, das mich mein ganzes Leben lang verfolgte. Von meinem Vater und meiner Mutter bis hin zu meinem Mann und meiner Tochter. Inzwischen weiß ich, dass man das wird, wovor man sich fürchtet. Man erzeugt gerade die Verhältnisse, die man unbedingt vermeiden will.

In diesen Situationen übernahm Bali das Kommando – die einzigen Male, dass er das je tat – und versuchte, Molu zu erklären, warum ich mich so verhielt. Doch da er das selbst nicht wusste, war er nicht sonderlich erfolgreich damit.

Er war ihr ein guter Vater in dem Sinne, was dieser Ausdruck in unserer Generation eben bedeutet. Und das hieß, uns zu beschützen und zu ernähren und seine Pflicht zu tun. Heutzutage muss man als guter Vater der Freund seiner Kinder sein. Man muss die schauderhafte Musik kaufen, die sie so gerne hören, und so tun, als gefiele sie einem auch.

. . .

Ich hatte immer viel zu tun und verbrachte meine Tage damit, das Haus sauber zu halten, einzukaufen, für Bali zu kochen und Molu von der Schule abzuholen. Als wir eines Tages nach Hause kamen, bemerkte ich, dass Molu den falschen Mantel anhatte. Auf dem Etikett war der Name Navi eingenäht. Navi war das Mädchen, das in der Schule als erste mit Molu gespielt hatte. Unter dem Namen stand, ordentlich eingestickt, eine Telefonnummer, und als ich sie wählte, meldete sich eine Frau, die meine sehr gute Freundin werden sollte: Asha.

Sie lud mich zu sich nach Hause ein. Ich wusste es, sobald sie die Tür öffnete, denn sie hatte Schwester Marias rundes Gesicht, aus dem ein freundliches Lächeln strahlte. Diese Freundschaft würde Bestand haben, davon war ich überzeugt. Es gibt sie sehr selten, diese ganz besonderen Momente, in denen man jemandem zum ersten Mal begegnet und sofort das Gefühl hat, diese Person schon sein ganzes Leben lang zu kennen. In nur wenigen Stunden gelang es uns, die Geheimnisse unserer Vergangenheit und unsere Hoffnungen und Ängste, was die Zukunft anging, miteinander zu teilen, während unsere Kinder oben spielten.

Ich erzählte ihr von meiner ersten Liebe. Davon, wie ich Bali kennengelernt und meinen Sohn verloren hatte und wie Molu in unser Leben getreten war. Asha schilderte mir, dass sie gegen ihren Willen geheiratet hatte und mit zwei kleinen Kindern, Jay und Navi, nach England gekommen war, wo sie nun in einer lieblosen Ehe lebte. Wir verstanden, welche Enttäuschungen die andere durchgemacht hatte, und versuchten, deren Sinn zu ergründen. Für mich war es eine Erleichterung, mit jemandem zu sprechen, der meine Gefühle nachvollziehen konnte.

Vielleicht ist es ja Folge einer überwältigenden Einsamkeit, dass die Seele magnetische Strahlen an eine Leidensgenossin ausstrahlt, wo sie sich dann von ihrer Last befreit und ihre Geheimnisse in die Blase einer Freundschaft einschließt. Im Laufe der Jahre wird diese Blase dann in viele verschiedene

Richtungen gedehnt, um ihre Reißfestigkeit auf die Probe zu stellen.

Jeden Tag nach der Schule kamen Asha und ihre Kinder entweder zu mir, oder wir gingen zu ihr. Während die Kinder spielten, kochten wir gemeinsam und redeten. Manchmal legten wir indische Musik auf, tanzten in der Küche herum und lachten über unsere eigene Albernheit. In den ernsteren Momenten brachte Asha mir bei, wie man ruhig vor einer Kerze saß, hineinblickte und meditierte. Anfangs empfand ich es als beängstigend, denn mein Verstand hatte Mühe, bei der Sache zu bleiben, und huschte ständig zwischen verschiedenen Dingen hin und her. Doch sie nahm meine Hand, sprach mit mir darüber und forderte mich auf, mich an die glücklichsten Zeiten in meinem Leben zu erinnern, als ich mich völlig frei gefühlt hatte. Oft hatte ich dann ein junges Mädchen im grünen Chiffonkleid vor Augen, das über den Strand lief. Ich wollte die Hand nach diesem Mädchen ausstrecken und etwas zu ihm sagen, doch es rannte davon. Häufig war ich dann in Tränen aufgelöst, aber Asha drückte meine Hand. Endlich gab es jemanden in meinem Leben, der mich in meinem Kampf unterstützte. Dieses Gefühl hatte ich schon sehr lange nicht mehr gehabt.

Allerdings hätte mir auch jemand sagen müssen, dass Nachgeben ebenso wichtig war wie Kämpfen. Vielleicht sogar noch wichtiger.

Asha wollte mich mit ihrem Freundeskreis bekannt machen und lud mich zur Tupperware-Party ihrer Freundin Meena ein. Meena wohnte nur wenige Straßen entfernt in einem großen Haus. Sie trug einen eleganten Sari und betrachtete mich argwöhnisch, als sie mir die Tür öffnete. Es war ein neugieriger Argwohn: Was war wohl so besonders an mir, dass ihre Freundin Asha ständig über mich redete?

Wie sich herausstellte, hatte Meena nicht weit von meinem

Heimatstädtchen in Goa gewohnt. Ihr Mann war ebenfalls Arzt. Das war ein seltsamer Zufall, denn er kannte Bali gut. Allerdings war es kein Zufall, durch den sie mir sympathischer geworden wäre. Eher im Gegenteil – sie stellte viele Fragen und tat, als wisse sie etwas, von ich nichts ahnte. Weil ich höflich sein wollte, gab ich mir im Laufe des Abends Mühe, sie besser kennenzulernen.

Die Tupperware-Party fing damit an, dass die Frauen die Behälter herumreichten, sie untersuchten und witzige Bemerkungen über ihre Formen machten. Eigentlich ging es gar nicht um diese Behälter, sondern eher um einen Vorwand um sich als Gruppe zu versammeln und seine Gemeinsamkeiten zu entdecken. Die Frauen saßen da, aßen, redeten, tranken Orangensaft und amüsierten sich so königlich über die Formen der Behälter, dass man nicht anders konnte als mitzulachen.

Als wir uns verabschiedeten, meinte Meena, sie habe sich gefreut, mich kennenzulernen. Vielleicht könnten wir uns ja bald zusammen mit unseren Ehemännern treffen. Offenbar hatte ich mir ein vorschnelles Urteil über sie gebildet. Womöglich war es ja einfach nur ihre Art, sich anfangs kühl zu geben. Eigentlich erinnerte sie mich in dieser Hinsicht ein wenig an mich selbst.

Als ich wieder zu Hause war, fragte ich Bali, woher er Meena und ihren Mann Govinder kannte. Er antwortete ausweichend, er sei Govinder während des Studiums begegnet. Widerstrebend stimmte er einem gemeinsamen Abendessen mit den beiden und mit Asha und ihrem Mann Amit zu.

Erst bei meiner zweiten Begegnung mit Meena wurde ich wirklich warm mit ihr. Offenbar hatte sie ihre Scheu mir gegenüber ein wenig abgelegt und schien bereit, sich mehr auf mich einzulassen. Sie sprach über Goa, und wir lachten beide über die Marotten, die wir von dort mitgebracht hatten – zum Beispiel, bei schönem Wetter mit einem Regenschirm durch London zu spazieren, um uns vor der Sonne zu schützen.

Nachdem ihre Reserviertheit abgeklungen war, entpuppte sie sich als warmherziger Mensch.

Von diesem Tag an unternahmen Asha, Meena und ich alles gemeinsam. An den Wochenenden organisierten wir Ausflüge mit den Kindern, und unsere Männer gesellten sich auch dazu. In jenen frühen Tagen sahen wir unseren Kindern beim Spielen und Streiten zu und tauschten uns über Kleider, Kochrezepte und unsere Probleme aus. Natürlich entstand die in einem Dreigespann unvermeidliche Gruppendynamik, doch wir überwanden auch das und lachten, weinten oder debattierten uns durch unsere Probleme.

Im Zentrum unserer Freundschaft stand die Gemeinsamkeit, die es mit sich brachte, genau zum selben Zeitpunkt dieselbe Erfahrung zu machen. Damals war sie von Liebe und Anteilnahme bestimmt, doch inzwischen ist sie unter zwanzig Schichten sich verändernder Umstände und unserer Reaktionen auf diese Veränderungen begraben. Da es uns in vielen dieser Momente nicht mehr gelang, uns miteinander zu verständigen, taten wir einfach so, als sei alles so wie immer. Oder sogar besser.

Wenn ich ganz ehrlich bin, fühlte ich mich von allen beiden verraten. Wenn ich Asha etwas anvertraute, erzählte sie es manchmal Meena weiter, die dieses Wissen dann gegen mich verwendete. Sie zerlegte meine Beziehungsprobleme mit Bali, weil es in ihrer eigenen Ehe kriselte, und ließ Andeutungen fallen, die für mich zu diesem Zeitpunkt noch keinen Sinn ergaben. Außerdem verglich sie ihre Kinder mit meinem Kind, und anstatt sie zu fragen, was los war, um den Grund für ihre Unsicherheit herauszufinden, demütigte ich sie genauso wie umgekehrt.

Unser Zusammensein fühlte sich nicht mehr richtig an; nichts fühlte sich mehr richtig an, und obwohl sich an unseren Redensarten und Eigenheiten schon seit Jahren nichts geändert hatte, lösten sie plötzlich Gereiztheit aus. Aber wir schwiegen und behielten die unausgesprochenen Worte für uns, wo sie unbeachtet mit unseren Mutmaßungen spielen konnten. Und als unsere Kinder erwachsen waren, verloren wir den Kitt, der uns zusammenhielt.

Obwohl ich bis heute nicht verstehe, warum wir einander absichtlich kränken wollten, taten wir genau das. Und so hat es uns immer weiter auseinandergetrieben, während wir uns verzweifelt an ein Rettungsboot namens Freundschaft klammern, dem allmählich die Luft ausgeht.

Wenn man feststellt, dass man gerade etwas verliert, das einem sehr viel bedeutet, entgleitet einem die Gelassenheit eines zufriedenen Herzens. Und so ließ ich nicht los und vertraute nicht auf die Liebe, sondern versuchte, alles zu regeln, für Sicherheit zu sorgen und das Kommando zu übernehmen. Ich verwickelte die anderen in endlose Debatten, in denen ich selbst keinen wirklichen Sinn sah, und tarnte den inneren Konflikt hinter Angriffen und Geläster. Das war der einfachste Weg, die immer mehr anwachsende Verunsicherung zu tarnen. Wenn ich heute die Verantwortung für mein Verhalten übernehmen sollte, würde ich sagen, dass ich alles mit meiner Verbitterung verdarb, die ich allerdings nicht in Worte fassen konnte. Meena und Asha wussten Dinge über Bali, die sie mir hätten erzählen sollen. Es wäre schön gewesen, wenn sie es mir schonend beigebracht hätten. Stattdessen ließen sie ihrerseits zu, dass ihr Schweigen unsere Freundschaft vergiftete.

Und so ist von dieser Freundschaft nur noch eine leere Hülle geblieben. Das Traurige daran ist, dass wir das, wie ich glaube, alle wissen. Und so reden wir über Belanglosigkeiten und tragen eine Fassade zur Schau, um zu zeigen, wie glücklich wir sind. Denn uns ist klar, dass wir nach einem Blick dahinter feststellen würden, dass da nichts mehr ist.

Selbst mit meiner Schwester Sasha verbindet mich eigentlich nichts, wenn man einmal davon absieht, dass wir Schwestern sind. Ich liebe sie, weil es meine moralische Pflicht ist, doch mir fehlt der Sinn für ihre amüsante Seite, mit der sie andere Menschen zum Lachen bringt. Meine Schwester trat in mein Leben, verschwand wieder, pickte sich die Rosinen heraus und verdrückte sich, als es ihr zu schwierig wurde. Eigentlich war sie gekommen, um mir bei der Geburt meines Sohnes zu helfen. Und sie blieb.

Als Sasha beschloss, eine Ausbildung zur Krankenschwester zu machen, unterstützte Bali sie dabei und besorgte ihr sogar einen Platz im Schwesternwohnheim. Sie besuchte uns, wenn sie etwas brauchte, und benutzte unser Zuhause als Stützpunkt, während sie von Beziehung zu Beziehung hüpfte. Ich duldete sie nur bei uns im Haus, weil Molu sie so sehr liebte. Doch nach einigen Monaten fing sie an, mir auf die Nerven zu gehen. Als sie sich eine eigene Wohnung kaufen wollte, gab Bali ihr das Geld für die Anzahlung. Sie fand etwas ganz in unserer Nähe.

Meine Mutter starb etwa um die Zeit, als Molu zu uns kam, weshalb ich nicht zur Beerdigung reisen konnte. Alle Gefühle, die nach diesem Verlust auf mich einstürmten, wurden unterdrückt, denn schließlich musste ich mich um meine eigene Tochter kümmern. Mein Vater folgte meiner Mutter sieben Jahre später, doch da er für mich schon längst gestorben war, berührte mich die Nachricht kaum. Ich hielt es nur für Ironie des Schicksals, dass ausgerechnet ihm ein langes Leben bis ins hohe Alter und auch ein friedlicher Tod im Schlaf vergönnt gewesen waren. Als er noch gelebt hatte, hatte ich ihm jeden Monat eine Postanweisung geschickt, für die er sich nie bedankt hatte. Stattdessen schrieb er an Sasha, schilderte ihr seine diversen Krankheiten und behauptete, er stünde an der Schwelle des Todes. Sasha besuchte ihn auch einige Male in Indien.

Es gab so vieles, was ich sie unbedingt fragen wollte: Ob er sich nach mir erkundigt hatte? Ob die echte Kapelle noch immer rosafarben gestrichen war? Ob sie zufällig Schwester

Maria oder Rodrigo begegnet war – hatte er Kinder? Aber ich tat es nicht, und sie erzählte mir auch nichts von sich aus, was sehr ungewöhnlich für sie war. Mein Vater hatte ihr die Kapelle vermacht, und sie verkaufte das Haus.

Sasha heiratete nicht und blieb kinderlos. Außerdem blamierte sie mich, indem sie oft einfach hereingestürmt kam, wenn wir gerade Besuch hatten. Sie war laut, und ihr Lachen zerrte an meinen Nerven. Man möchte meinen, dass ich ihr grollte, weil sie all das auslebte, was mir verwehrt blieb, und weil sie die Lieblingstochter meines Vaters gewesen war. Doch das wäre eine Fehleinschätzung. Daran lag es nicht.

Die Gründe waren ihr mangelndes Durchhaltevermögen in Krisen, ihre nicht vorhandene Solidarität und ihre Unzuverlässigkeit. Damit meine ich nicht, dass sie körperlich hätte anwesend sein müssen. Es ging eher um die Gewissheit, dass man am Ende des Tages füreinander da war. Dieses Gefühl hat sie mir nie vermittelt. Ich hatte nie den Eindruck, dass sie auf meiner Seite stand.

Ich hätte studieren und Lehrerin werden können. Bali eröffnete mir sämtliche Möglichkeiten. Aber ich ergriff sie nicht und steckte stattdessen den Großteil meiner Kraft in meine Tochter. Ich hätte zur Kirche gehen können, Bali hätte nichts dagegen gehabt. Doch ich redete mir ein, dass ich Molu damit nur verwirren würde, und gab mir deshalb redlich Mühe, mehr über den hinduistischen Glauben und die Kultur zu erfahren. In meinen düsteren Lebensphasen hatte ich, anders als meine Mutter, deshalb nicht die Möglichkeit, mich an die Religion zu klammern. Vielleicht war das ja eine bewusste Entscheidung. Und so klammerte ich mich, ebenfalls anders als meine Mutter, an meine Tochter und an die Zukunft, die ich so sehnlich für sie erträumte.

Um es kurz zu fassen, sollte diese Zukunft an Minimum an Enttäuschungen für sie bereithalten: also eine Festanstellung in Vollzeit und einen Mann, der sie ernähren konnte. Offen gestanden wollte ich unbedingt, dass sie sich verliebte und dass aus der Beziehung etwas wurde. Und dennoch war ich überzeugt davon, dass diese Art von Liebe nur flüchtig sein kann.

Als Bali zögernd die Möglichkeit einer arrangierten Ehe ins Spiel brachte, dachte ich zunächst, dass ich absolut dagegen sein würde. Schließlich hatte ich vor all den Jahren – nachdem ich den Traumtänzer gesehen hatte – geschworen, dass mein Kind nie dasselbe durchmachen sollte wie ich. Doch mit dem Unbewussten und dem Bewussten ist es eine sonderbare Sache: Wenn man das mittlere Alter erreicht, wechseln sie plötzlich die Seiten und verraten die Ideale, die man in seinem jugendlichen Überschwang zu verteidigen gelobt hat. Vielleicht ist es auch dasselbe Gen, das sich um diese Zeit Geltung verschafft und „Du hast mich von deinem Vater. So, da bin ich, und jetzt komm mit mir klar!" ruft. Möglicherweise auch eine Kombination von beidem. Ganz gleich, wie vorhersehbar das Vertraute auch sein mag, erscheint es doch viel anziehender als das Ungewisse.

Also war ich für diesen Vorschlag offen, da wir so ein wenig Kontrolle ausüben und die Bewerber sichten konnten. Allerdings setzten wir Molu nicht unter Druck, sondern baten sie nur, diese Möglichkeit in Erwägung zu ziehen. Und so begannen Bali und ich, die in Frage kommenden Kandidaten auszusieben. Einige Punkte waren ein Muss, wie zum Beispiel ein bürgerlicher Beruf und eine sichere Anstellung. Außerdem filterten wir die Bewerber nach einer Reihe von Kategorien: Wer im Ausland lebte oder plante, aus London wegzuziehen, wurde sofort aussortiert. Wer sich hingegen eine große Familie wünschte, kam ganz oben auf den Stapel. Bali und ich zogen in dieser Hinsicht an einem Strang, und so war es Bali, der auf Avinash Kavan stieß.

Er stellte einige Nachforschungen an und erfuhr, dass Avinash in der indischen Gemeinde hohes Ansehen genoss.

Bevor Bali und ich ihn Molu vorstellten, erledigten wir die Vorarbeiten und lernten seine Familie kennen. Sie bewohnten ein gemütliches Haus in einer ruhigen Vorstadt mit hübschen Vorhängen und Spitzendeckchen für das Teeservice. Gobi hatte sich vom Tankwart zum Tankstellenbesitzer hochgearbeitet. Seine Frau Laxmi war Hausfrau und hatte die drei Töchter und den einzigen Sohn großgezogen.

Avinash half seinem Vater zwar in der Tankstelle, wann immer er konnte, hatte aber unbedingt studieren wollen. Inzwischen war er ein erfolgreicher Anwalt, was auf sein Durchhaltevermögen und seinen Fleiß hinwies. Diese beiden Eigenschaften wurden bei ihm immer wieder hervorgehoben, was ihm wohl ein wenig zu Kopf gestiegen war, denn er machte einen leicht arroganten und versnobten Eindruck. Das entging mir zwar nicht, doch ich hielt mir vor Augen, dass Molu schon damit zurechtkommen würde.

Laxmi behandelte ihn wie eine Siegestrophäe, die sie abstaubte und bestaunte - so als konzentriere sich alle Vollkommenheit dieser Erde auf seine einsfünfundsiebzig große Gestalt. Doch das war wohl das Privileg einer Mutter, von dem sie auch eifrig Gebrauch machte, denn sie betonte, sie habe sich schon viele Mädchen angesehen – alle mit Masterabschluss, groß, schlank und hellhäutig –, von denen keine Gnade vor ihren Augen gefunden habe.

Avinash war ein attraktiver Mann, und ich konnte mir gut vorstellen, dass bei ihm an Verehrerinnen kein Mangel herrschte. Allerdings störte mich etwas an seinem Lächeln. Es war beinahe sympathisch und beinahe ebenmäßig, nur dass ihm dabei ein Mundwinkel nach oben wanderte. Auch nach vielen weiteren Treffen, Gesprächen und Umarmungen war es dieses Lächeln, mit dem ich einfach nicht warm wurde. Es kniff ihm den Mundwinkel zusammen, was einen verdrucksten, verschlagenen Eindruck machte. Aber ich redete mir ein, dass ich Gespenster sah.

Jedenfalls war er unglaublich höflich und umgänglich und

hatte zu den verschiedensten Themen etwas zu sagen. Außerdem schien er aufrichtig interessiert an uns, plante keinen Umzug und wünschte sich mindestens zwei Kinder.

Molu mochte ihn. Ich weiß nicht, ob es daran lang, dass Bali und ich ihre Entscheidung beeinflusst hatten, indem wir pausenlos über ihn redeten. Vielleicht war der Grund ja auch, dass sie bei ihrer ersten Begegnung mit ihm Herzklopfen und schweißnasse Hände bekommen hatte. Obwohl ich mir sehnlich wünschte, dass letzteres der Fall sein möge, fragte ich nicht nach.

Die Aufregung der Hochzeitsvorbereitungen brachte neues Leben in unser Haus. Das geschäftige Treiben sorgte außerdem dafür, dass Meena, Asha, ja, sogar Sasha und ich enger zusammenrückten. Nun hatten wir etwas, für das wir uns gemeinsam ins Zeug legen und uns verbünden konnten. Ich tat mein Möglichstes, um die Hochzeit mit derselben militärischen Präzision zu organisieren, mit der mein Vater seinen Haushalt geführt hatte.

Als Molu also eines Tages weinend nach Hause kam und berichtete, sie habe Avinash Kavan mit den Fingern im Haar eines lockigen Jünglings ertappt, hätte ich am liebsten mein verrücktes Lachen gelacht, sie fest umarmt und ihr gesagt, dass ich mich für sie freute, ja, sogar erleichtert sei. Irgendwann würde sie schon den Richtigen finden, wenn sie nicht lockerließ und den Mut nicht verlor. Doch meine Gedanken galten sofort den Plänen, die nun abgesagt werden mussten, weshalb ich nur einen strengen, missbilligenden Blick zustande brachte.

Ich weiß, welche Überwindung es sie gekostet hatte: der Tag, als Molu mir mitteilte, sie wolle Schauspielerin werden. Doch wenn sie die Leidenschaft und Entschlossenheit besaß, es trotz all der Steine, die ich ihr in den Weg gelegt hatte, so weit zu bringen, würde sie es auch schaffen. Was also maßte ich mir an, sie daran hindern zu wollen? Falls sie ins Straucheln geraten sollte, denn das passiert nun einmal im Leben, würde ich für sie da sein und sie auffangen. Und selbst wenn ich das nicht konnte, wusste ich nun, dass sie selbstbewusst genug war, um wieder aufzustehen.

Und so tat mein Herz das, was es schon immer hätte tun sollen. Umgeben von der Geborgenheit meines gemütlichen, ordentlichen Zuhauses und meines Freundeskreises wusste ich, dass es einen Satz gab, mit dem ich ihre Fessel lösen konnte: „Geh und werde Schauspielerin!", rief ich aus. Und dann gab ich sie frei und streifte die Wunschvorstellung ab, sie vor den Ängsten und Enttäuschungen beschützen zu können, die nun einmal ein Teil des Lebens sind. Und außerdem trennte ich mich von der Verbitterung, den Ängsten und den Verlusten meines bisherigen Lebens.

Kühl, erfrischend, schlichte Liebe, Duft in der Flasche, den man jeden Tag schnuppern kann, so hätte ich Bali meine Gefühle gerne beschrieben. Hin und wieder ist es so, wenn ich ihn beobachte, während er schläft wie ein unschuldiges Kind. Dann fasst mich eine Schwäche an, die vielleicht meine eigene Verletzlichkeit ist. Ich möchte gut zu ihm sein, doch aus meinem Mund kommt nichts als Groll.

Eigentlich hätte er sich schon vor langer Zeit Bahn brechen sollen, doch stattdessen hat er in mir geschwärt. In meiner Kehle steckt ein dicker Kloß, den ich nicht schlucken kann. Es ist unmöglich, diesen Gefühlen Luft zu machen, denn ich habe den richtigen Moment dafür verpasst. So viele Jahre später würden sie keinen Sinn mehr ergeben. Und so stecken sie in meiner Kehle fest, die zornigen Worte, die auch die kleinste Gelegenheit nutzen, um mir zu entweichen.

Nach dem Tod meines Kindes saß ich allein neben meinem Mann. Mir wurde noch ein Kind geschenkt, und wieder saß ich allein neben ihm. Während ich es liebte, erzog und bestrafte, meldete Bali sich nur hin und wieder zu Wort. Und dann, mitten im Tohuwabohu jugendlicher Zurückweisung, musste ich außerdem herausfinden, dass Bali eigentlich nie wirklich bei mir gewesen war. Dass er mich wahrscheinlich nie wirklich geliebt hat. Seit über dreißig Jahren war ich mit einem Fremden verheiratet.

Die Wahrheit erfuhr ich von seinem Cousin Raj, dem Mann, der sich bei unserer Hochzeit hinter seinem buschigen Bart versteckt hatte. Auf dem Weg nach Amerika, wo er als Computerfachmann arbeiten würde, stattete er uns einen kurzen Besuch ab. Bali war bei der Arbeit, Molu in der Schule. Also besichtigte ich mit Raj die Sehenswürdigkeiten Londons und gab ihm einen Vorgeschmack auf die Hamburger mit Pommes, die ihn in seiner neuen Heimat erwarteten.

Wir betraten das Restaurant am Piccadilly Circus und setzten uns an einen Tisch am Fenster. Ich beobachtete die Passanten auf der Straße und lauschte Rajs Ausführungen zum Thema Talentflucht aus Indien und seinen Scherzen, als er sich selbst in die Statistik mit einbezog. Allerdings war er der Einzige, der lachte, während ich mir vorstellte, wie er das Wort „Brain Drain" wohl in ein paar Jahren aussprechen würde, ohne den stakkatoartigen Akzent, dafür aber mit einem lang gezogenen „Brrraaaain".

Die Kellnerin trug kniehohe grellfarbene Stiefel und hatte ein dazu passendes Lächeln. Sie nahm unsere Bestellung auf, entfernte die Speisekarten und fügte hinzu, wenn wir noch einen Wunsch hätten, brauchten wir nur nach Wendy zu fragen, denn sie sei heute für uns zuständig. Raj war sehr beeindruckt. Seine Augen leuchteten auf wie die Neonreklamen in Las Vegas, und er konnte es offenbar kaum erwarten, endlich in Amerika zu sein. Das führte unweigerlich zu einem Gespräch über amerikanische Frauen und die Frage, wie man wohl die Richtige fand und eine Familie gründete. Er war schon einmal verheiratet gewesen, aber inzwischen geschieden.

Als ich nichts darauf antwortete, sprach er weiter und meinte, Bali habe sehr großes Glück gehabt, eine zweite Frau zu finden. Verständnislos starrte ich ihn an, während er fortfuhr. Dabei hallte das Wort „zweite" immer lauter in meinem Kopf wider. Wie tragisch sei es doch gewesen, seine erste Frau zu verlieren. Und ihren gemeinsamen Sohn. „Frau", „Sohn", das alles ergab keinen Sinn, weshalb ich das Wort „Frau" wiederholte. Daraufhin nannte er ihren Namen. Kurmilla. Diesen Namen hatte ich schon einmal gehört. Bali hatte ihn vor vielen Jahren erwähnt, als er Molus Verhalten kommentierte. Ich verstand kein Wort. Kurmilla war doch Molus Tante.

Völlig verwirrt legte ich meinen Hamburger weg und bemühte mich, die Fassung zu bewahren. Allerdings brachte ich nur ein klägliches, leises Kichern heraus, als sei ich über alles im Bilde, und neigte den Kopf zur Seite, eine Aufforderung, mir mehr zu verraten.

Er berichtete mir, Bali habe sie geheiratet. Und dann sei „es" tragischerweise geschehen. Damals habe Raj gedacht, dass Bali nie darüber hinwegkommen würde. Er habe Indien verlassen, um zu vergessen. Dann habe er eine neue Frau gesucht, die ihm bei seinem Neuanfang helfen sollte. Als er mir begegnet sei, habe sich das Blatt für ihn gewendet. Nur, dass Raj sich fragte, ob es ihm wirklich gelungen sei, all das hinter sich zu lassen. Schließlich habe er sie so geliebt, dass er ihretwegen sogar den Kontakt zu seiner Familie abgebrochen habe. Und sie den Kontakt zu ihrer. Eine Liebe, die sehr stark gewesen sei, ergänzte er. Seine Worte prasselten auf mich ein und überschwemmten mich, sodass ich nur „Ich glaube, wir sollten jetzt besser gehen" stammeln konnte.

Raj meinte, er hoffe, er habe mich nicht verärgert, indem er die Vergangenheit aufs Tapet gebracht habe. Dann bestand er darauf, die Rechnung zu übernehmen. Er gab Miss America ein dickes Trinkgeld, ohne auch nur zu ahnen, wie sehr er mit seinem oberflächlichen Geplauder auf meiner Seele herumgetrampelt war.

„Ich wünsche Ihnen einen schönen Tag", flötete sie.

„Ich Ihnen auch", erwiderte er.

Warum sagte ich Bali an jenem Abend nicht, dass ich alles wusste? Wieso bügelte ich weiter seine Hemden und wartete darauf, dass er aus dem Krankenhaus zurückkehrte, um mit ihm zu essen und belanglose Konversation zu betreiben? Weshalb fragte ich ihn nicht, was ihn dazu getrieben hatte, in die große Stadt zu fahren, an die Tür der Kapelle zu klopfen, mir meine Zukunft wegzunehmen und mich an einen kalten Ort zu bringen?

Doch Schweigen war beruhigend und tat niemandem weh.

Erst an diesem Tag verstand ich die Passivität meiner Mutter wirklich, die mir bis dahin stets unbegreiflich erschienen war. Manchmal ist es einfach zu mühsam, an der Oberfläche zu kratzen. Man könnte dabei auf ein unheilbar gebrochenes Herz stoßen. Und noch schlimmer wäre es, wenn man feststellt, dass man gerade selbst in diesem gebrochenen Herzen ertrinkt.

Stattdessen schnitt ich mir das lange, schwarze Haar ab, verbannte einen Ort, den ich ohnehin nie hatte besuchen wollen, weit weg in die Vergangenheit, ging nach Hause, gab mich der Eintönigkeit der zwanzig Jahre lang eingeschliffenen Abläufe hin und wehrte mich nicht dagegen, dass sie sich aller meiner Gedanken bemächtigten.

Rückblickend betrachtet weiß ich, wie sinnlos es war, anderen die Schuld dafür zu geben, dass ich das, was ich für möglich hielt, nicht verwirklicht habe. Aber natürlich ist es leichter, als selbst die Verantwortung dafür zu übernehmen. Mein ganzes Leben lang habe ich die Schuld auf andere abgewälzt. Auf meine Mutter wegen ihrer Gleichgültigkeit. Auf meinen Vater, weil er mich von Rodrigo getrennt hatte. Auf Bali, weil er mich fortgebracht hatte und wegen seiner Lügen. Vielleicht habe ich mich auch selbst damit zermürbt, dass ich es nicht wert bin. Dass ich keine Liebe verdient habe und auch kein Kind. Ich konnte einfach nicht akzeptieren, dass das Schicksal manchmal andere Pläne mit uns hat, von denen wir nichts ahnen. Inzwischen weiß ich, dass ich das Mädchen verloren habe, das so sorglos herumtollte. Stattdessen habe ich mich in eine Frau verwandelt, die ich nicht wiedererkenne. In eine Frau, die mir unsympathisch ist. Deshalb möchte ich dem Mädchen sagen, dass es mir leidtut – wirklich leid.

Erst jetzt, da ich den Luxus habe, die fehlenden Teile meines wirren Verstandes einfügen zu können, erkenne ich, dass wir all die Jahre lang unter derselben Angst und Einsamkeit gelitten haben.

Außerdem kann ich den genauen Zeitpunkt benennen, in dem mich plötzlich der so lange herbeigesehnte Mut und die Leidenschaft durchdrangen. Es war der Tag, an dem ich losließ. Molu, meinen Mann, die Meinung meiner Mitmenschen und die Furcht davor, was vielleicht geschehen könnte. Ich saß einfach nur allein da. Und irgendwo, mitten in dem stillen Raunen der Ruhe, die aus Verzeihen und Annehmen entsteht, ließ ich los.

Nun sitze ich hier, denke an jenen Moment und schreibe über die Vergangenheit und die Ereignisse, die zur Eruption meines Herzens geführt haben. Eines Herzens, das nicht mehr in einer Person, einem Ort, einer Zeit oder einer Angst verankert, sondern nun von neuem Leben erfüllt ist. Wie gerne würde ich anderen Menschen zwanzig Jahre Mühen ersparen, indem ich erkläre, was ich über Hoffnungen und Träume gelernt habe: Wenn man sie unterdrückt, verschmutzt man einen sauberen Fluss mit Angst, Reue und Enttäuschung.

Und das macht es sehr schwer, zu schwimmen und den Weg zu dem Ort zu finden, wo man zu Hause ist.

Außerdem würde ich gern noch etwas über die Magie von Träumen und Hoffnungen sagen: Ganz gleich, an welchem Punkt seiner Reise man beschließt, wieder die Verantwortung für sein Handeln zu übernehmen und sein Vertrauen und seinen Glauben in sich selbst zu setzen, nicht in die Angst – das ist der Tag, an dem auch diese Hoffnungen und Träume langsam zurückkehren. Und mit ihnen die Zuversicht und die Kraft, die einen dorthin bringen, wo man zu Hause ist.

Zu guter Letzt möchte ich hinzufügen, dass man irgendwann im Leben ein Risiko eingehen muss, und wenn es nur ein einziges Mal ist. Man muss sich alles vergegenwärtigen, woran man wirklich glaubt, und ins kalte Wasser springen. Wenn das Tosen der Ungewissheit einem den Blick verschleiert, braucht man nur innezuhalten und die Ohren zu spitzen. Und wenn man den Traumtänzer sieht, dem es endlich gelungen ist, sich aus den tiefsten Tiefen zu befreien, muss man ihm folgen. Und zwar furchtlos und voller Zuversicht. Dorthin, wohin er einen führen mag.

BALI

Umbica Naravalam, so heißt die Ortschaft im Südwesten Indiens, wo ich, mit dem Kopf zuletzt, in die Familie Vishavan hineingeboren wurde. Das heißt, ich sah die Welt erst einige Minuten nachdem meine Füße sie schon betreten hatten. Der Astrologe, ein hoch angesehener Gelehrter, saß, bewaffnet mit einer rostigen alten Armbanduhr, in einer Zimmerecke und bemühte sich, ein unanfechtbares Horoskop für mich zu erstellen, indem er den exakten Zeitpunkt meiner Geburt errechnete. Als er der erschöpften Hebamme einen Blick zuwarf, zuckte diese nur die Achseln. Daraufhin verzog er ärgerlich das Gesicht, notierte sich etwas auf seine getrockneten Palmwedel und brach dann auf, um meinen weiteren Lebensweg zu planen.

Der Astrologe, der auch das Amt des Hohepriesters bekleidete, segnete mich an meinem achtundzwanzigsten Tag. Genau genommen segnete er mich zweimal, wie die Waschfrau des Dorfes (die stets bei derartigen Zeremonien zugegen war) ausdrücklich feststellte. Danach band mir der Priester einen schwarzen Faden um den Bauch, der die bösen Geister fernhalten sollte. Die Waschfrau blieb nicht bis zum Ende der Zeremonie, sondern lief sofort zum Dorfteich, um allen brühwarm zu berichten, ich sei nicht nur in Steißlage geboren, sondern leider auch zweimal gesegnet worden.

Diese Nachricht spülte in Wellen rings um den Dorfteich, wo halb bekleidete Frauen nasse Textilien gegen die Steine schlugen. Als sie an jenem Nachmittag damit fertig waren, hatte es sich überall wie ein Lauffeuer verbreitet, dass der verkehrte Bali Unglück brachte.

Jemand hätte ihnen ins Ohr flüstern sollen, dass das Leben für niemanden ein Zuckerschlecken ist. Allerdings war ihnen das vermutlich bewusst, weshalb sie sich begierig auf diejenigen stürzten, die ihrer Ansicht nach noch ärmer dran waren als sie selbst. Also klatschten sie ihre Kleider so lautstark gegen die Felsen, dass es ihr eigenes schweres Los beinahe übertönte. Die Männer hingegen sparten sich die Mühe, auf Geräusche wie diese zu hören. Stattdessen suchten sie nach Ablenkung, möglichst weit weg von ihren nörgelnden Ehefrauen. Die meisten verbrachten ihre Tage damit, Palmwein herzustellen. Dazu kletterten sie auf die höchsten Palmen, zapften den Saft ab, vermengten ihn mit geheimnisvollen Zutaten und erhielten so einen Stoff, der ihre Köpfe mit berauschter Glückseligkeit erfüllte. Dann torkelten sie hinaus in die Felder, wo sie sich mehr oder weniger beschwipst in die Sonne legten. Gegen Abend wachten sie dann nüchtern auf, kehrten nach Hause zurück, verschliefen die Standpauken ihrer Frauen, und am nächsten Morgen fing alles wieder von vorne an.

Ich bedauere es sehr, dass keine andere Frau dieser Waschfrau nachgelaufen ist, um ihr zu sagen, das alles sei nur ein Missverständnis. Der Hohepriester habe sich verrechnet. Er sei eingenickt, und währenddessen sei seine Uhr stehengeblieben. Mein Schicksal, das in der Spitze seines Fingernagels ruhte, mit dem er es ordentlich in getrocknete Palmwedel einritzte, beruhe auf einem Irrtum, nicht nur um ein paar Minuten, sondern um einen ganzen Tag. Doch wie so oft im Leben war es zu spät dazu. Die Nachricht hatte den gewaltigen Dorfteich bereits umrundet und war in die Steine an seinem Ufer eingemeißelt. So wurden die Bedingungen, die für mein Leben galten von einem geistesabwesenden Hohepriester festgelegt: Ich brachte allen Unglück, die mir nahestanden. So sagte man es mir zumindest, und ich glaubte es.

Zwei Monate später starb mein Vater. Er wurde von dem letzten Büffel, der ihm geblieben war, in die Brust getreten und erlitt dadurch einen Herzanfall. Kurz darauf zog sich das Tier ein Virus zu, vermutlich fühlte es sich schuldig, weil es meinem Vater so etwas angetan hatte. Alle betrauerten den Büffel und streuten seine Asche und die seines Herrn in den Teich. Und schuld an diesen beiden Tragödien war natürlich „Bali, der Unglücksbote". Wenn ich vorbeikrabbelte, verriegelten die Leute ihre Türen.

Nach dem Tod meines Vaters und seines Büffels verfiel das Haus, und der Gestank des Hungers machte sich darin breit. Meine Brüder marschierten kilometerweit dorthin, wo es nach gedämpften *idlies* oder gekochtem Reis mit *pulli* duftete, und als ich alt genug war, schloss ich mich ihnen an. Da sie mich nie neben sich gehen ließen, trottete ich hinterher und tat dasselbe wie sie. Sie klopften bei den Leuten an und erboten sich, ihnen Erledigungen wie Wasserholen oder Holzhacken abzunehmen. Zur Belohnung bekamen wir alle etwas zu essen. Danach versuchten wir, auch etwas für unsere Mutter aufzutreiben. Sie erwartete uns stets voller Vorfreude, machte aber beim Anblick unserer Ausbeute unweigerlich ein enttäuschtes Gesicht – selbst an den Tagen, an denen ich selbst kaum etwas aß und fast alles für sie aufsparte.

Mit schmerzenden Füßen lag ich später im Büffelstall und lauschte, wenn wie jeden Abend um dieselbe Zeit ein Zug mit tutender Dampflok vorbeifuhr. Ich fragte mich, wie dieser Zug wohl aussah und ob er wirklich so gewaltig war, wie alle behaupteten. Dann malte ich mir aus, ich sei so groß wie die Dampflok und von applaudierenden Menschen umringt.

Doch für den Moment betete ich lieber zu Gott, er möge es Paisas, Annas und Rupien regnen lassen, damit ich so viele Vorräte kaufen konnte, dass sie für den Rest unseres Lebens reichten. Dazu noch einen Ball für mich, Murmeln für meine Brüder, ein neues Dach für meine Mutter und außerdem ein paar Kühe. Es musste ja nicht gleich ein Platzregen sein, aber vielleicht konnte Gott ja ein paar Tropfen entbehren. Ich träumte davon, dass mein Leben nicht immer so sein würde, und dabei schlief ich ein.

Die reichsten Bewohner unseres Dorfes wurden die Mothalalis genannt. Sie besaßen Kühe und Reisfelder und jede Menge Land. Die meisten Dorfbewohner arbeiteten für sie, so wie auch mein Vater bis zu seinem Tod. Die Mothalalis lebten einige Kilometer entfernt auf dem Gipfel eines Berges, ein Symbol für die Kaste, der sie angehörten. Die Familie und ihre Dienerschaft bewohnten ein großes weißes Haus mit einem blauen Dach und grünen Türen. Neben dem Haus befanden sich eine Reismühle, ein Teich und einige Kuhställe, alles umgeben von einem eisernen Zaun mit Toren. Früh am Morgen und in der Stunde nach der Mittagsruhe waren diese Tore weit geöffnet.

An den schwülwarmen Nachmittagen kamen die Frauen mit leeren Aluminiumtöpfen, um Milch zu holen. Dabei nahm das Verbreiten von Gerüchten sie so in Anspruch, dass sie die sonst mit Argusaugen beobachteten Gefäße vergaßen. Und so kam es, dass der Großteil des Inhalts fehlte, wenn sie sich schließlich auf den Heimweg machten. Und wenn sie dann zu Hause den Deckel anhoben und sich über die geringe Menge Milch wunderten, schimpften sie mit ihren Männern, weil diese sich nicht besser gegen den Mothalali durchsetzten, und bezeichneten seine Frau als Betrügerin.

Die Reissäcke fielen demselben Schicksal zum Opfer. Begierig auf den neuesten Klatsch und ins Gespräch vertieft, ließen die Reispflückerinnen ihre Säcke aus den Augen. Ich verschonte nur den Gemüsehändler, was allerdings ausschließlich am kläglichen Zustand seiner Ware lag.

Eines Tages, ich war sieben Jahre alt, kam ein Dienerjunge mich holen. Der Mothalali hatte das Rätsel um die verschwundene Milch und den Reis gelöst und wollte mir nun eine Tracht Prügel verabreichen. Also wurde ich hinauf zum Haus geführt, wo ich auf der Veranda warten musste. Die Sonne schien mir ins Gesicht und trieb mir den Schweiß auf die Stirn. Ständig wischte ich sie ab, denn der Mothalali sollte nicht denken, dass ich schwitzte, weil ich Angst vor ihm hatte. Schließlich erwachte er aus seinem Mittagsschlaf und trat aus dem Haus. Mein erster Eindruck waren seine riesigen Füße in gewaltigen Ledersandalen. Beim Gedanken, er könnte eine davon ausziehen, um mich damit zu verdreschen, bekam ich heftiges Herzklopfen. Langsam kam er auf mich zu und blickte auf mich hinunter. Doch zu meiner Überraschung nahm er weder den breiten Gürtel ab, der seinen Lungi zusammenhielt, noch zog er eine Sandale aus. Stattdessen fragte er mich, ob ich bei ihm als Hausdiener arbeiten und seiner Frau zur Hand gehen wolle. Das war eine weise und kluge Entscheidung. Vermutlich hatte er bemerkt, wie würdevoll ich mir Tag für Tag die Nase an seinem schmiedeeisernen Tor plattdrückte.

Der Mothalali war ein strenger Mann, der mich haushoch überragte. Er war so breit wie ein Büffel und brüllte auch wie einer, wenn sein Essen zu spät auf dem Tisch stand oder kalt war. Außerdem war er abergläubisch und verließ nur zu bestimmten Zeiten das Haus. Wenn er es tat, hatte er einen unverwechselbaren Gang, schritt stolz einher und trug die gewaltige Macht seines Gürtels zur Schau.

Wenn er schlief, lockerten ein anderer Dienerjunge namens Shiva und ich oft seine Gürtel ein kleines Stück. Und wenn er dann seinen Nachmittagsspaziergang machte, rutschte ihm der Lungi hinunter, was wiederum die Waschfrauen schockierte und sie zu anzüglichen Bemerkungen hinriss, ein Erlebnis, von dem sie noch ein oder zwei Wochen lang zehrten. Daraufhin bückte er sich nach seinem Lungi – inzwischen verschlug es den Waschfrauen den Atem –, drapierte ihn stolz und starrte die Frauen an. Zu guter Letzt zog er den Gürtel noch enger zusammen, sodass sein Bauch aussah, als würde er gleich platzen, und setzte seinen Weg fort.

Die Nachmittagsspaziergänge hörten auf, als der Mothalali sich ein Auto kaufte. Es war schwarz mit einem leuchtend gelben Dach und das allererste Kraftfahrzeug, das je durch unser Dorf, die Provinzstadt, ja, durch den gesamten Bundesstaat Kerala gerollt war. Tausende strömten von nah und fern herbei, um als Chauffeur anzuheuern. Dabei spielten ihre Führerscheine nur eine untergeordnete Rolle, denn der Mothalali veranstaltete seine eigenen Fahrprüfungen und hatte auch sein eigenes System, um die Spreu vom Weizen zu trennen. Der Kandidat musste, neben ihm im Auto sitzend, mehrere seiner Tobsuchtsanfälle über sich ergehen lassen. Wer das überlebte, kam in die nächste Runde. Ein junger Mann mit wieselartigem Gesicht, der Pinnie hieß, wurde eingestellt, um das Auto zu pflegen. Mir war es streng verboten, auch nur in die Nähe des Wagens zu kommen. Ich durfte nicht einmal beim Waschen helfen. Dennoch fand ich in diesem Jahr viele, viele Freunde, denn ich erzählte den Jungen im Dorf Geschichten über meine Ausfahrten und versprach, ich würde dafür sorgen, dass sie eines Tages auch mitfahren dürften, wenn sie mir alle ihre Murmeln gaben.

Der Mothalali beschäftigte sich den Großteil seiner Zeit mit dem Auto. Er fuhr damit im Dorf herum und terrorisierte die Leute mit der Hupe. Hin und wieder stoppte er, um sein Land zu inspizieren oder die Arbeiter anzuschreien. Doch ganz gleich was auch geschah, zu den Mahlzeiten kam er stets nach Hause. Dann dröhnte vor dem Tor der Motor, und ein Dauerhupen erklang, bis Shiva oder ich aufmachten. Wenn der Mothalali nicht ausfuhr, saß er herum, hatte schlechte Laune und suchte nach Gründen, um Streit mit Thampurathi anzufangen. Doch Thampurathi ließ sich von ihm nicht aus der Ruhe bringen. Sie versah weiter ihre Haushaltspflichten und versorgte ihre Kinder.

Meine Thampurathi war eine hellhäutige Dame, die nur selten lächelte. Wenn sie es doch tat, strahlte ihr ganzes Gesicht, und sie gab ein Gebiss frei, das an ein Gerät zum Zermahlen von Kokosnüssen erinnerte. Damals war meine Thampurathi die einzige gebildete Frau im Dorf. Also wandten sich die meisten Dorfbewohner an sie, um Nachbarschaftsstreitigkeiten zu schlichten, sich behördliche Dokumente vorlesen zu lassen, die sie nicht entziffern konnten, sich Rat bei Schwierigkeiten in der Ehe zu holen oder um für ihre Söhne und Töchter eine Hochzeit zu arrangieren.

Die letzteren beiden Dinge waren nicht unbedingt ihre Stärke. Mein Mothalali hatte sie nämlich trotz der eindringlichen Warnungen des Hohepriesters geheiratet. Seiner Ansicht nach passten die beiden astrologisch betrachtet überhaupt nicht zusammen, und zwar wegen eines ungeklärten Konflikts zwischen Sonne und Mond, der auch Einfluss auf das Schicksal ihrer Kinder haben würde. Doch er heiratete sie trotzdem, denn ihre Familie war die einzige in allen Dörfern im näheren Umkreis, die es mit seinem Reichtum aufnehmen konnte.

Kurz nach der Hochzeit wurde ihnen klar, dass sie, abgesehen von den beiden Töchtern, die er ihr geschenkt hatte, eigentlich kaum etwas miteinander verband. Und so war es neben den Besorgungen, dem Ausmisten der Kuhställe und dem Milchholen außerdem meine Aufgabe, Botschaften zwischen ihnen hin und her zu tragen. Da er meistens herumbrüllte, während sie schwieg, erfand ich einfach etwas und sorgte so für eine Verständigung. Das Ergebnis war, dass alles ziemlich reibungslos lief. Doch der Tag, an dem es wirklich nichts mehr zu sagen gab, trat einige Jahre später ein, und zwar als er seinen Ehering verkaufte, um einen Stoßdämpfer für sein neues Auto anzuschaffen.

Ich arbeitete jeden Tag. Einen Nachmittag pro Woche hatte ich frei, um mit den anderen Jungen im Dorf zu spielen. Wir gingen zusammen zum Fischen und beobachteten dabei, wie die halbnackten Damen ihre Kleider wuschen. Außerdem hatten wir eine Methode entwickelt, Gummibälle herzustellen, indem wir Strohknäuel mit dem Gummi überzogen, den wir den Gummibäumen abzapften. Mit denen bewarfen wir dann die Frauen und rannten davon. Kurz vor Vishu, dem Neujahrsfest, bastelten wir aus Kokoswedeln, rostigen Schlüsseln und Phosphor ein Feuerwerk zusammen, das wir in der Nähe des Teichs hochgehen ließen. Dann schauten wir zu, wie die Damen schreiend aufsprangen. Anschließend, kurz vor Sonnenuntergang, besuchte ich meine Mutter, die erst spät vom Feld nach Hause kam.

Meine Thampurathi trug mir keine wirklich schwere Arbeit auf. Sie war gut zu mir und gab mir sogar neue Kleider. Die alten, abgelegte von meinen Brüdern verbrannte sie. Eines Tages erteilte sie mir einen wirklich wichtigen Auftrag. Ich sollte in der Stadt etwas für sie besorgen. Das hieß, dass ich viele Kilometer weit den Berg hinunter marschieren und dann noch mit zwei oder drei Wagen fahren musste. Die zwei Rupien, die sie mir in die Hand drückte, hielt ich fest umklammert. Zwei Rupien bedeuteten einen unermesslichen Reichtum. Damit hätte ich eintausend Bälle und eine Kuh kaufen können. Vielleicht sogar zwei.

Es war schon Abend, als ich mich mit stolzgeschwellter Brust auf den Weg machte. Doch dann, ich war noch keinen Kilometer weit gekommen, hörte ich plötzlich das Pfeifen der Dampflok. Es war unbeschreiblich laut. Kurz blieb ich stehen und spürte, wie das Geräusch mir durch den ganzen Körper fuhr. Dabei überlegte ich, was ich jetzt tun sollte. Und dann machte ich kehrt und ging auf das Geräusch zu. Ich ging zwei Tage lang. Außerdem trank ich die erste Limonade meines Lebens. Ich kaufte sie einem der Händler ab, die träge unter den Palmen saßen. Doch ich bekam davon ein seltsames, schwindeliges Gefühl im Bauch. An den Buden gab es Süßigkeiten, von deren Existenz ich bis jetzt nichts geahnt hatte. Runde und viereckige, bunt, garniert mit Kokosraspeln und mit Zucker glasiert. Ich aß sie und kaufte mir in meiner Begeisterung auch noch ein neues Hemd und einen Kreisel aus Holz. Schließlich, nachdem ich meine neu erworbenen Besitztümer zwei Tage lang mit mir herumgeschleppt und in Schuppen übernachtet hatte, sah ich die Stadt. Das Rattern von Rikschas, geschäftiges Treiben und Leute, viele lärmende Leute, die Kleider in bunten Farben trugen und die unterschiedlichsten Gegenstände bei sich führten. Der Geruch von Rauch, gekochtem Essen und brennendem Holz stieg mir in die Nase. Und da hörte ich es, laut und klar.

Ich rannte darauf zu, und da stand sie, größer, stärker und schöner, als ich sie mir je ausgemalt hatte. Die Dampflok.

Ich beobachtete, wie sie sich zur Abfahrt anschickte, schnaufend nicht vor Erschöpfung, sondern in Vorfreude auf all die Passagiere, die in die Waggons steigen würden. Es waren Hunderte von Menschen, bepackt mit Säcken oder von Stricken zusammengehaltenen Koffern. Das Stimmengewirr der umherwimmelnden Händler, die Tee, Kaffee, Bananen und Jackfrüchte verkaufen wollten, wurde schlagartig von der Pfeife der Lok übertönt. Ich klatschte aufgeregt in die Hände und wollte Geld aus der Tasche nehmen, um in den Zug einsteigen zu können. Der Fahrkartenkontrolleur, ein Mann mit gewaltigem Schnurrbart und Khakiuniform, starrte mich nur an. Als ich ihm erklären wollte, dass ich kein Dienerjunge war, der mitfahren wollte, ohne zu bezahlen, zückte er seinen Schlagstock. Verzweifelt kramte ich in meinen Taschen. Es waren nur noch ein oder zwei Anna übrig.

Ich weinte nicht. Stattdessen blickte ich dem Fahrkartenkontrolleur ins Gesicht und verkündete, alles sei in Ordnung.

Es habe wohl ein Missverständnis gegeben, ich würde später wiederkommen. Dann rannte ich davon.

Sehr, sehr hungrig und müde schleppte ich mich zurück ins Dorf und machte mich auf die schlimmsten Prügel gefasst, die ich je erlebt hatte. Das Schreien der Zikaden und Frösche hallte durch die Nacht. Obwohl es sehr dunkel war, konnte ich Tampurathi schon aus der Ferne erkennen. Sie saß in ihrem Schaukelstuhl auf der Veranda und las im Schein einer Kerosinlampe in einem Buch. Als ich näherkam, blickte sie auf. Ich stand kerzengerade da und hielt die Augen weit offen. Sie trat von der Veranda und schlenderte langsam auf mich zu, ohne mich dabei aus den Augen zu lassen. Ich sagte kein Wort und senkte auch nicht den Kopf. Stattdessen verharrte ich beinahe trotzig auf der Stelle.

„Wenn du das nächste Mal einfach wegläufst, musst du viel mehr Geld mitnehmen. In der Küche steht etwas zu essen für dich", fügte sie hinzu, machte kehrt und ging davon.

Ich aß und legte mich, erfüllt von schlechtem Gewissen, auf meine Matte. Thampurathi hatte es nicht verdient, dass ich mich so verhielt. In jener Nacht schwor ich mir, sie nie wieder zu bestehlen oder sonst irgendwie zu enttäuschen.

Mein Ansehen bei den anderen Dorfjungen war ums Dreifache gestiegen. Inzwischen besaß ich einen ganzen Vorrat an Murmeln und Kreiseln, alle eingetauscht gegen Geschichten, wie ich in den großen Zug gestiegen und nach Trivandrum gefahren war. Außerdem war es mir so gelungen, mir den Respekt meiner beiden älteren Brüder zu verdienen, die nun bereit waren, neben mir her zu gehen.

Am Mittwochabend – mein freier Tag – lief ich, nachdem ich mit den anderen Jungen gespielt hatte, stets den Berg hinunter, um meine Mutter zu besuchen. Sie wartete schon darauf, dass ich meine Taschen leerte und ihr den ganzen Proviant aushändigte, den Thampurathi mir gegeben hatte.

Dann nickte sie. Allerdings lächelte sie nie. Sie berührte mich auch nicht und sah mir nicht in die Augen. Vielleicht befürchtete sie ja, dass sie das gleiche Schicksal ereilen könnte wie meinen Vater. Wenn sie wieder nickte, war das mein Zeichen, dass ich meine Pflicht getan hatte und nun gehen konnte. Also war Thampurathi mein einziger Halt im Leben. Sie gab mir ein Dach über dem Kopf und ernährte mich, und obwohl sie ihre Zuneigung nie offen zeigte, wusste ich, dass ich ihr etwas bedeutete.

Hin und wieder kamen meine Brüder mich besuchen. Sie warteten vor dem Haus des Mothalali auf mich. Dann schlichen wir drei uns zurück ins Haus, um die Töchter des Mothalali zu ärgern. Wenn sie schliefen, banden wir Bananenblätter aneinander und schoben sie durch die Gitter vor ihren Fenstern. Dazu zischten wir wie die Schlangen, bis die Mädchen aufwachten und schreiend zu ihrem Vater liefen.

Nirmilla und Kurmilla waren beide sehr verwöhnt. Nirmilla war zwei Jahre älter als Kurmilla, die wiederum genauso alt war wie ich. Ihr Vater gab allen ihren Launen nach, und die zwei wussten genau, wie sie das ausnutzen konnten. Nirmilla stand genauso gern im Mittelpunkt wie ihr Vater und sang und tanzte den ganzen Tag. Der Büffel saß auf der Veranda und sah ihr beim Herumwirbeln zu. Unterdessen wartete ihre jüngere Schwester auf ihre Anweisungen und las ihr jeden Wunsch von den Augen ab. Während der Mothalali auch bei den langweiligsten Darbietungen aus voller Kehle lachte, schüttelte Thampurathi nur den Kopf und kümmerte sich weiter um ihre Pflichten. Wenn die zwei Mädchen neue Spielsachen geschenkt bekamen, wickelten sie die Päckchen mit einem solchen Trara aus, dass ich nicht anders konnte, als es zu bemerken. Sobald Nirmilla sicher war, dass ich auch hinschaute, hielt sie das Geschenk hoch.

Die beiden wechselten kaum ein Wort mit mir und nahmen mich nur zur Kenntnis, wenn sie mich brauchten, um auf einen Baum zu klettern oder etwas für sie zu holen.

Doch Thampurathi schimpfte mit ihnen und gestattete ihnen nicht, mich wie ihren persönlichen Dienstboten zu behandeln. Wenn ich Lust darauf hatte, erledigte ich ihre Aufträge. Dafür durfte ich ihnen Streiche spielen. Das war eine unausgesprochene Übereinkunft zwischen uns.

Einmal jedoch verstieß Nirmilla dagegen. Als sie in ihrer blauweißen Schuluniform unter ihrem liebsten Bananenbaum saß und ein Buch las, schlich ich mich von hinten an, band ihr die langen Zöpfe zusammen und versteckte mich dann rasch hinter den Kuhställen, um zu sehen, was sie nun tun würde. Plötzlich ertönten Schreie und Schluchzer, und sie weinte bitterlich. Der Mothalali kam angelaufen und wollte seine Tochter tadeln. Während er sie aus ihrer misslichen Lage befreite, flüsterte sie: „Das war Bali, Papa, das war Bali." Ich erstarrte vor Entsetzen – so war das nicht geplant gewesen.

Der Bulle wurde wütend, löste seinen Gürtel und machte sich, Schaum vor dem Mund, daran, mich zu verfolgen. Es gelang ihm, mich an die Wand des Kuhstalls zu drängen. Mit wildem Blick hob er den Gürtel und ließ die Schnalle wieder und wieder auf meinen Rücken niedersausen. Ich duckte mich unter den Prügeln zusammen, bis seine Frau von der Veranda aufsprang, zu uns hinübereilte und verlangte, er solle sofort aufhören. Als er sie nicht hörte – oder hören wollte -, stellte sich Thampurathi zwischen uns und schob ihn von mir weg.

Ich zitterte vor Schmerzen und Scham, noch verstärkt von dem Wissen, dass die beiden Mädchen alles durchs Fenster beobachtet hatten. Thampurathi hob mich hoch, trug mich ins Haus, legte mich auf ihr Bett und begann, meine Wunden zu reinigen. Als sie hinausging, schleppte ich mich in den Schuppen, wo ich meinen Schlafplatz hatte, und verkroch mich, wimmernd wie ein waidwundes Tier, im Heu.

Kurz darauf öffnete sich die Tür. Ich blickte nicht auf, sondern blieb zusammengerollt auf dem Boden liegen. Es war Kurmilla, und als sie mich so sah, kam sie näher, setzte sich neben mich und berührte meinen Kopf. Ich ignorierte sie. Vor Schmerzen war mir so elend, dass ich den Kopf auf die Arme stützte und in Tränen ausbrach. Sie legte den Arm um meine Schulter und sagte nur, wie leid es ihr täte. Das war das erste Mal, dass ich ein zartes Band zu einem anderen Menschen spürte. Noch nie zuvor hatte mich jemand wirklich berührt.

Nach dem Vorfall mit der Gürtelschließe wurde das Verhältnis zwischen Thampurathi, den Mädchen und mir vertrauter. Die Mädchen lächelten mich an und halfen mir manchmal sogar bei meiner Arbeit. Außerdem hinterlegte Nirmilla Sachen wie eine neue Schiefertafel, Kreide oder Süßigkeiten neben meinem Schlafplatz. Sie tanzte auch nicht mehr, um ihren Vater zu beeindrucken, und kommandierte ihre Schwester nicht mehr herum. Stattdessen unterstützte sie ihre Mutter im Haushalt, bis Thampurathi entschied, dass sie mich nicht mehr den ganzen Tag lang brauchte. Nur noch abends musste ich ihr, hauptsächlich beim Melken, zur Hand gehen. Und deshalb wollte sie mich in der restlichen Zeit zur Schule schicken. Sie versprach, an meinem Lohn werde sich dadurch nichts ändern.

Ich erinnere mich noch gut an den Tag, als sie mir meine blauweiße Schuluniform, die Schulbücher und mein erstes Paar Schuhe – Sandalen aus Gummi – brachte. Alles war in braunes Papier eingewickelt, das ich aufgeregt entfernte und zweifelnd die Sandalen musterte. Sie strahlte übers ganze Gesicht. Der Büffel schwieg, als die Mädchen ihm mitteilten, ich würde mit ihnen zur Schule gehen. Gewiss hätte er gerne etwas dazu angemerkt, verkniff es sich aber, denn er wusste, dass Schluss mit den Mahlzeiten sein würde, wenn er Thampurathis Haushaltsführung kritisierte. Stattdessen brüllte er also Pinnie an und befahl ihm, mit ihm auszufahren.

Und so ging ich jeden Morgen zur Schule, verlegen und stets hinter den Mädchen, da ich Schwierigkeiten mit den neuen Sandalen hatte. Sobald wir Thampurathis Tor hinter uns hatten, zog ich die Sandalen aus, hängte sie mir über die Schulter, lief voraus und schlüpfte erst kurz vor dem Klassenzimmer wieder hinein. Da die anderen Kinder mich zu ihrem Helden erkoren hatten, kannte ich die meisten meiner Klassenkameraden, weshalb es keine Rolle spielte, dass ich weder lesen noch schreiben konnte. Kurmilla war auch in meiner Klasse, aber in der Schule zeigte ich ihr die kalte Schulter.

Die Schule eröffnete mir einen Weg, um meiner neu entdeckten Leidenschaft für alles zu frönen, was sich außerhalb meines Dorfes abspielte. Die Briten waren weiß. Ich sah Fotos von ihnen in den Büchern meines Professors. Außerdem schienen sie recht groß zu sein, hielten sich aufrecht und waren komisch angezogen. Laut Aussage des Professors hatten sie sonderbare Augen und Haare, wenn man sie in Farbe sah. Ich fand das spannend und begann, die Sprache dieser Briten zu lernen. Gleichzeitig lernte ich auch das Lesen und Schreiben in meiner eigenen Muttersprache.

Als ich meine Noten nach Hause brachte und sie Thampurathi zeigte, war ich sehr stolz auf mich. Ich hatte dieselben oder sogar bessere Noten als Kurmilla. Thampurathi lächelte rasch, bleckte dabei ihre Nussknackerzähne, und dann machte ich mich einfach an meine Arbeit. Und so verging die Zeit. Vishu, Onam und die übrigen Festtage gaben dem Jahr Struktur. Monsunregen kamen und gingen, die Natur wurde grün und strotzte vor neuen Möglichkeiten. Irgendwann erfuhren wir, dass die Briten Indien verlassen hatten. Doch eigentlich spürten wir keinen Unterschied. Alles lief weiter wie zuvor.

Ich war in der achten Klasse, als der Mothalali verkündete, es sei an der Zeit, dass seine erste Tochter Nirmilla heiratete. Sie hatte die Schule gerade abgeschlossen und wollte, sehr zur Überraschung von Thampurathi und zur Freude ihres Vaters, nicht ans College gehen. Da die Mothalalis auch als Heiratsvermittler des Dorfes fungierten, war es Ehrensache, dass diese Hochzeit ein unvergessliches Ereignis wurde. Deshalb begann man mit den Vorbereitungen, sobald Nirmilla sich einverstanden erklärte, dass man ihr geeignete Heiratskandidaten vorstellte.

Nirmilla war erwachsen geworden und inzwischen sehr hübsch und hatte ein untadeliges Betragen. Die verwöhnte Göre von damals verschwand schlagartig mit dem Übergang zur Frau, als sie begann, ihr Haar zu flechten und einen Sari zu tragen. Obwohl sie nicht älter als sechzehn gewesen sein kann, war sie reif und hatte dieselbe Präsenz wie ihre Mutter. Nirmilla war außerdem dafür bekannt, dass sie die ärmeren Kasten unterstützte, und wenn die Leute kamen, um Milch zu holen oder ihren Reis zu mahlen, sorgte sie selbst in Gegenwart des Mothalali dafür, dass sie ein bisschen mehr für ihr Geld erhielten. Da ihr guter Ruf ihr vorauseilte, strömten die Männer aus ganz Kerala herbei, in der Hoffnung, sie zur Frau nehmen zu können.

Den meisten gestattete Mothalali nicht einmal, einen Fuß in sein Haus zu setzen. Er fixierte sie mit seinem Blick, und wenn er nur den Hauch eines schlechten Eindrucks hatte, wurden der potenzielle Bräutigam und seine Eltern hinausbegleitet und nach Hause geschickt. Das Fahrgeld, das sie ausgegeben hatten, um zu kommen und Nirmilla kennenzulernen, wurde ihnen erstattet. Diejenigen, die es in Phase zwei geschafft hatten, nahm der Mothalali so gründlich unter die Lupe, dass ihre stählernen Teetassen unter seinem Röntgenblick zu zittern begannen. Und es kamen viele. Thampurathi, die aus ihrem eigenen Fehler gelernt hatte, sagte, dass Nirmilla sich frei unter den Bewerbern würde entscheiden können. Und wenn es auch astrologisch zwischen ihnen passte, stünde der Hochzeit nichts mehr im Wege.

Nirmilla entschied sich für einen Lehrer, der in der Stadt Musik und Literatur unterrichtete. Er hieß Raman, kam aus einer guten Familie und besaß viele Kühe. Außerdem hatte er ein freundliches Lächeln und schien ein netter Mensch zu sein. Und was noch wichtiger war: Es war ihm gelungen, sämtliche Prüfungen des Mothalali zu bestehen. Er hatte es auch als einziger geschafft, ihm direkt in die Augen zu schauen. Bei der ersten Begegnung im Beisein ihrer Familie hatte Nirmilla ihn nur nervös angelächelt. Doch er hatte sie selbstbewusst angesehen, aufmunternd, als verspräche er, sie für immer zu lieben und für sie zu sorgen. Also heirateten sie. Der Hohepriester segnete das Paar und betete dafür, dass sie viele Kinder haben und ein glückliches Leben führen würden.

Das ganze Dorf feierte. Man ließ Feuerwerker und Musiker aus der Stadt kommen, und im Tempel wurde *paisam*, ein Reispudding, an alle Dorfbewohner verteilt, denen man außerdem einen Tag freigegeben hatte. Thampurathi und Mothalali waren sehr stolz. Die Dorfbewohner wünschten dem jungen Paar Glück, als es mit dem Fahrer in Mothalalis Auto aufbrach. Der Wagen war zur Feier des Tages mit orangefarbenen Girlanden geschmückt. Als der Mothalali, der ihnen wie ein Wilder nachgewinkt hatte, nach Hause zurückkehrte, brach er in Tränen aus und schluchzte und weinte so bitterlich, dass man es weithin hören konnte. Da er es nicht ertragen hätte, von Nirmilla getrennt zu sein, baute er für die beiden ein Haus auf der Farm, und zwar gleich gegenüber von seinem eigenen.

Seit dem Tag, als Kurmilla mich im Kuhstall am Kopf berührt und sich zu mir gesetzt hatte, wusste ich, dass ich sie liebte. Es war ein Zeichen der Zuneigung gewesen, und irgendwie war es ihr gelungen, einen Teil von mir zu erreichen, zu dem sonst niemand Zugang hatte. Nicht einmal ich selbst. So wie sie hatte mich noch niemand berührt, nicht einmal meine Mutter. Selbst in den Tiefen des körperlichen Schmerzes hatte es sich warm und tröstend angefühlt. So, als gehörte ich hierher, in diesen Augenblick, in dem sie neben mir saß. Ich hätte

alles für Kurmilla getan: ihren Henkelmann oder ihre Bücher
zur Schule getragen oder sie einfach nur begleitet. Stattdessen
beschloss ich, sie zu ignorieren. Um auch der kleinsten Hoffnung keinen Raum in meinen Gedanken zu geben, füllte ich
diese mit der finsteren Miene ihres Vaters.

Doch wenn ich sie im Unterricht sah oder ihr zufällig auf
der Farm begegnete, fühlte ich mich, als hätte ich eine Fliege
im Magen, die unbedingt entkommen wollte. Und wenn sie
mich dann anlächelte, blieb diese Fliege mir in der Kehle
stecken, sodass es mir die Sprache verschlug und ich den Blick
abwenden musste. Fast glaubte ich zu ersticken. Sie ahnte
nicht, dass ich, wenn ich nach dem Essen ihren Teller
wegräumte oder dort saubermachte, wo sie gerade gesessen
hatte, ihren Duft einatmete. Auch nicht, dass ich zusah, wie
sie denen, die nicht lesen konnten, ihre Briefe vorlas, und ihre
Finger beim Halten der Seite beobachtete. Ich betrachtete die
Form ihres Mundes, wenn sie die Lippen bewegte, und die
Art, wie sie beim Lachen den Kopf in den Nacken legte. Sie
war ein Mensch, zu dem sich andere unwillkürlich hingezogen
fühlten, denn sie hatte ein ansteckendes Lachen. Jede Nacht
vor dem Einschlafen versuchte ich, mir dieses Lachen ins
Gedächtnis zu rufen. Und je mehr die unbezähmbare Besses-
senheit in meinem Kopf zunahm, desto entschlossener zeigte
ich Kurmilla die kalte Schulter.

Kurz nach Nirmillas Hochzeit, es war Monsunzeit, begann
Kurmilla, mir Zettel zuzustecken. Der Inhalt war nicht weiter
wichtig, sie schrieb über den Regen oder die Schönheit des
Berges. Doch ich klammerte mich an jedes Wort und geheim-
niste eine verborgene Bedeutung hinein. Anfangs reagierte ich
nicht darauf, aber als die Nachrichten immer häufiger
wurden, konnte ich mich nicht länger drücken. Stundenlang
grübelte ich nach, las jedes Wort wieder und wieder und
schrieb ihr dann in meiner ordentlichsten Handschrift. Dabei

versuchte ich, ihr durch meine Worte und wie ich sie aneinander fügte etwas über mich mitzuteilen. Danach wartete ich angespannt auf ihre Antwort. Manchmal erfolgte diese nicht sofort, sondern dauerte mehrere Tage, eine Zeit, in der ich wartete und Höllenqualen ausstand. Als der Monsun endete, waren aus den kurzen Nachrichten seitenlange Briefe geworden. Und diese wurden bald zu heimlichen Treffen. Endlich gestattete ich mir, sie von ganzem Herzen zu lieben. Und sie zu lieben, gab meinem Leben einem Sinn: Alles, was bisher geschehen war, hatte eine Bedeutung.

Wir schlossen beide die zehnte Klasse ab. Ich bekam ein Stipendium, um am Kerala State College zu studieren. Kurmilla wollte an die Universität, um Lehrerin zu werden. Doch um die Zeit, als sie die Highschool abschloss, hielten einige Männer beim Mothalali um die Hand seiner Tochter an. Thampurathi lehnte alle Anträge ab, und zwar mit der Begründung, das Mädchen brauche Zeit, um zu studieren. Das führte dazu, dass die beiden sich heftig stritten. Mothalali verkündete, irgendwann werde niemand mehr Kurmilla heiraten wollen, wenn sie so vielversprechende Angebote zurückwiese. Doch Thampurathi rückte nicht von ihrem Standpunkt ab.

So tobten die Auseinandersetzungen einige Monate weiter, bis das Schicksal sich einmischte und einen älteren Dorfbewohner zu uns führte. Der Herr gehörte derselben Kaste an wie der Mothalali, und der Sohn dieses geschätzten Mitbürgers war nach Ceylon gezogen, um dort auf den Teeplantagen zu arbeiten. Offenbar hatte er eine eigene Plantage gegründet und ein Vermögen angehäuft, welches das des Mothalali um das Dreifache überstieg. Die Leute strömten von überall her zu ihm und saßen ihm zu Füßen, angelockt vom Duft seiner Rupien. Als er eines Tages seine Ferien zu Hause verbracht und mit seinem Vater den Tempel aufgesucht hatte, hatte er dort Kurmilla gesehen. Also zog er einige Erkundigungen ein, und schon am selben Nachmittag saß sein Vater auf der Veranda des Mothalali und trank Tee mit ihm.

Der Büffel schien hoch erfreut und konnte gar nicht mehr aufhören zu lachen. Noch am Abend teilte der Mothalali uns mit, er habe Kurmillas Ehe arrangiert; der Bräutigam passe ausgezeichnet. Die Hochzeit sollte noch in diesem Monat stattfinden. Thampurathi protestierte und weigerte sich sogar, sein Essen zu kochen. Allerdings schien ihn das nicht weiter zu beeindrucken. Er sagte, er habe es dem Mann versprochen, und sein Ehrenwort nähme man nicht zurück.

Obwohl ich eigentlich schon immer mit so etwas gerechnet hatte, wurde ich von Verzweiflung ergriffen. Stundenlang saß ich da und grübelte über Mittel und Wege nach, diese Hochzeit zu verhindern. Doch ich konnte nichts tun. Ich war ein Niemand und ein Habenichts.

In jener Nacht kam Kurmilla zu mir und bat mich, sie zu entführen und sie zu heiraten. Ich erwiderte, ich hätte ihr nichts zu bieten. Außerdem müssten wir Rücksicht auf ihre Familie nehmen. Nicht auszudenken, welche Folgen das für den Ruf ihres Vaters und den von Thampurathi haben würde. Als Kurmilla mich anflehte, sagte ich ihr, sie solle ins Haus zurückkehren. Ich sagte ihr, ich liebte sie nicht. Und dann ließ ich sie einfach stehen.

In jener Nacht spürte ich, wie sich der Schmerz und die Angst vor der Gürtelschließe gewaltsam in mein Herz drängten, daran zerrten und es entzweirissen. Erfüllt von Seelenqual und Verwirrung, fiel ich schließlich in einen tiefen Schlaf. Und da sah ich, wie der Traumtänzer aus dem Loch in meinem Herzen auftauchte. Er kroch heraus und tanzte auf der Oberfläche. „Nimm sie und geh mit ihr fort", raunte er. „Geh mit ihr fort."

Und so stand ich auf. Wie damals als Kind schob ich eine aus Bananenblättern gebastelte Schlange durch ihr Fenstergitter und kitzelte sie an den Füßen. „Lass uns gehen", flüsterte ich. Sofort sprang sie auf, packte ein paar Sachen zusammen und traf sich mit mir an der Hintertür. Hand in Hand gingen wir langsam auf das eiserne Tor zu.

Es war kurz vor Morgengrauen, und wir hatten nicht damit gerechnet, dass Thampurathi schon wach sein würde, um ihre Kühe zu versorgen. Als wir lautlos an den Ställen vorbei schlichen, erschien sie plötzlich wie aus dem Nichts und stand vor uns. Stille. Sie rührte sich nicht und betrachtete nur uns beide und das Gepäck, das Kurmilla fest umklammert hielt. Obwohl ich gerne etwas gesagt hätte, brachte ich keinen Ton heraus.

„Wenn ihr dieses Haus verlasst, dürft ihr nie wiederkommen. Niemals", flüsterte sie. Dann nahm Thampurathi ihre Halsketten ab, zog einen Beutel voller Goldmünzen unter ihrer Bluse hervor und drückte mir beides in die Hand. Die Tränen strömten ihr übers Gesicht, als sie uns beide küsste. „Pass gut auf sie auf, mein Sohn", sagte sie. Wir gingen los.

Die dunkle Wolke, die über unserem Abschied hing, folgte uns bis zum Bahnhof. Wir wechselten kaum ein Wort, denn wir waren uns des Ernstes der Lage sehr wohl bewusst. Und ja, ich liebte Kurmilla so sehr, wie ich nie eine andere Frau würde lieben können. Allerdings lasteten mein Verrat, die Pflicht, Erwartungen und Traditionen schwer auf meinem Gewissen und ließen mich ernst werden. Auf der Fahrt nach Trivandrum schlief Kurmilla, den Kopf an meine Schulter gelehnt. Ich schaute aus dem Fenster, hinein in die Morgendämmerung, und fragte mich, wie wir wohl zurechtkommen würden und wie ich für sie sorgen sollte.

Als wir aus dem Zug stiegen, wurden wir von Rikschafahrern, Gepäckträgern, Obstverkäufern und den Wirten von Gasthöfen bestürmt, die sich verzweifelt bemühten, uns von unserem Geld zu trennen. In dieser Menschenmenge fiel mir ein junger Mann besonders auf. Er bot uns ein Hotelzimmer zu einem guten Preis und außerdem seine Dienste als Fremdenführer an. Sein Name war Raj, und er begleitete uns auch auf der Suche nach einem Tempel, wo Kurmilla und ich uns trauen lassen konnten.

Die Hochzeit fand am 7. November statt und war kein sehr feierlicher Anlass. Kurmilla und ich trugen unsere einzigen Sachen, mit Schlamm bespritzt von den durch die Pfützen ratternden Rikschas. Der Priester sprach ein Gebet, und wir tauschten ein paar alte Jasmingirlanden aus, die einzigen vom Regen verschont gebliebenen, die wir hatten auftreiben können. Ich nahm die Hand meiner Frau, und wir umrundeten das Feuer. Und damit war es vollbracht. Die ganze Angelegenheit hatte höchstens fünf Minuten gedauert. Das Hochzeitsmahl bestand aus Reis und Sambar auf einem Bananenblatt, und wir teilten es mit unserem einzigen Gast. Anschließend brachte er uns zurück in unser Hotelzimmer und versprach, wiederzukommen und uns bei der Wohnungssuche zu helfen.

Ich saß auf dem rostigen Bett, blickte hinauf zum Deckenventilator, der sich nur mühsam um die eigene Achse drehte, und schüttelte enttäuscht den Kopf. Kurmilla hatte etwas viel Besseres verdient. Doch sie legte die Arme um mich und flößte mir Zuversicht ein, bis ich glaubte, alles würde gut werden. Und an diesen Glauben klammerte ich mich.

Wir bezogen ein Zimmer in unserem neuen Zuhause, das wir mit Raj und seiner Familie teilten. Raj besorgte mir eine Stelle am Bahnhof. Jeden Abend arbeitete ich dort als Gepäckträger und besuchte tagsüber das College. Kurmilla gab allen Kindern in der Nachbarschaft Nachhilfe. So sahen wir einander kaum, doch am Samstagabend nahmen wir uns immer Zeit für uns und unternahmen etwas Besonderes, wie zum Beispiel ins Kino zu gehen.

Das Haus war zwar winzig, verfügte aber über einen Garten, den wir mit unseren Nachbarn teilten. Dort konnten wir unser eigenes Gemüse anbauen und eine Kuh halten.

Wenn ich abends bei der Arbeit war, versammelten sich alle in diesem Garten, sodass Kurmilla wenigstens nicht allein war. Kinder tollten umher und spielten mit den streunenden Hunden und Katzen. Die Frauen wuschen ihre Kleider oder kochten.

Kurmilla freundete sich mit allen an. Sie las ihnen ihre Briefe vor, die sie nicht entziffern konnten, und half ihren Kindern, wann immer sie Zeit hatte. Obwohl diese Leute selbst kaum etwas hatten, teilten sie das Wenige mit uns. Abuchi, die alte Dame von nebenan, brachte uns Kochbananen, die sie auf den Feldern stibitzte. Nandan ließ uns in seiner Rikscha mitfahren. Und so unterstützten alle einander, so gut sie konnten. Unser Dach mochte undicht, und die Wände mochten feucht sein, doch ich nahm das nicht zur Kenntnis, denn meine Frau richtete die Zimmer mit bunten Farben gemütlich ein und füllte das Haus mit dem Duft frischer Blumen und Räucherstäbchen.

Wir versuchten, genug Geld zu sparen, um für später ein Polster zu haben, wenn ich an die Universität ging und unser Baby da war. Doch es fiel mir schwer. Es war entsetzlich, mitansehen zu müssen, wie Kurmilla fast jeden Tag dieselben Kleider trug, und an einem Sariladen vorbeizugehen, ohne ihr etwas kaufen zu können. Aber ich hielt mir vor Augen, dass wir ja einander hatten, und das konnte man mit allem Geld der Welt nicht aufwiegen.

Ich blicke nicht in Wehmut zurück, denn ich weiß, dass wir glücklich waren. Natürlich stritten wir auch, aber nur wegen der belanglosen Probleme, die entstehen, wenn man zu wenig Geld hat und sich einsam fühlt, weil man seine Familie vermisst. Außerdem waren wir viel zu beschäftigt, weshalb wir nicht so viel Zeit miteinander verbringen konnten, wie wir es gewollt hätten. Und dennoch wusste ich damals, dass ich alles hatte, was ich mir je hätte erträumen können. Und so teilte ich meinen Alltag in Studium, das Zusammensein mit meiner Frau und unseren Freunden und Nachbarn, mein sicheres Arbeitsverhältnis und die Vorfreude auf ein neues Leben auf.

Der Gestank nach Narkosemitteln und Urin ist alles, woran ich mich von diesem Tag erinnere. Der Arzt murmelte kopfschüttelnd ein paar Worte. Raj packte mich und versuchte, mich vom Boden hochzuziehen. Hitze und Erbrochenes quollen aus meinem Körper, und natürlich waren da auch Schmerz und eine so übermächtige Wut, dass ich mir die Haare mit den Wurzeln ausriss. In der Küche auf dem Boden lagen die Scherben eines Glases, dort wo Kurmilla den Schilderungen zufolge zusammengebrochen war und sich den plötzlich schmerzenden Kopf gehalten hatte. Abuchi hatte ihre Schreie gehört und war losgelaufen, um nach dem Rechten zu sehen. Niemand konnte mir vormachen, dass sie friedlich und ohne zu leiden gestorben war, denn ich sah sie im Krankenhaus liegen. Der Ausdruck, der sich noch in ihrem Gesicht malte, verriet mir alles. Es war zu spät. Man schnitt ihr zwar das Baby aus dem Leib, aber es wollte nicht ohne seine Mutter leben.

Deshalb habe ich beschlossen, nicht mehr zu träumen. Früher einmal bin ich dem Traumtänzer gefolgt, und er hat mich an einen Ort geführt, an den ich nie mehr zurückkehren will.

Nach dem Tod meiner Frau und meines Sohnes dachte ich, dass ich nie wieder atmen oder einen Fuß vor den anderen würde setzen können. Raj brachte mich nach Hause. Ansonsten kann ich mich an kaum etwas erinnern. Die Wochen vergingen, und ich konnte nichts weiter hören als das Fehlen ihres Lachens und das unablässige Tropfen von Wasser in Töpfe aus Aluminium. Ich ließ die Töpfe überlaufen und die Blumen verwelken. Nach einer Weile kamen auch die

Nachbarn nicht mehr, da sie nicht wussten, was sie tun oder sagen sollten. Von morgens bis abends schlief ich in dem Bett, in dem Kurmilla geschlafen hatte, und weigerte mich aufzustehen. Es war mir gleichgültig, ob sie mir das Haus wegnahmen oder ob es über mir in sich zusammenstürzte. Ich lag nur da, versuchte, ihren Duft einzuatmen. Doch irgendwann verließ auch er mich, denn die Feuchtigkeit ergriff Besitz von dem Haus, bis alles nach Tod roch.

In mir und um mich herum herrschte ein Vakuum, in das ich gestürzt war. Und dahinter tat sich ein weiterer Abgrund auf, dann noch einer. Erst Abuchis Enkelin gelang es, zu mir durchzudringen. Eines Abends kam sie ins Zimmer getänzelt, setzte sich neben mich und sagte: „Onkel, Tante Kurmilla hat gesagt, dass Somi mich ganz bestimmt sehen konnte, als er in den Himmel gekommen ist. Also kann Tante Kurmilla dich auch sehen. Und sie würde sagen, dass du zu viel schläfst. Du schläfst ja nur noch."

Ich hörte das Lachen meiner Frau. Und ich benutzte diese Worte, um mich aus dem tiefen Loch freizuschaufeln.

Als ich endlich dazu in der Lage war, schrieb ich Thampurathi einen langen Brief, in dem ich versuchte, ihr alles zu erklären. Zu meiner Schande muss ich gestehen, dass ich nicht einmal den Anstand besaß, ihr gegenüberzutreten. Stattdessen beauftragte ich Raj damit, ihr die Nachricht und den Brief zu überbringen. Einige Monate später verließ ich unsere Heimat, um mein Medizinstudium zu beginnen und zu versuchen, die Unheilbaren zu heilen.

Diese Studienjahre waren von Vorlesungen und Lehrbüchern und den Versuchen geprägt, der Trauer und Einsamkeit zu entfliehen. Es gab viele alkoholgeschwängerte Nächte, in denen ich hoffte, mir einige Momente mit ihr zurückholen zu können. Ich wollte sie wieder berühren und ihre kalten Füße an meiner Haut spüren. Wenn ich morgens nüchtern erwachte, war ich in den ersten Sekunden überzeugt, das alles sei nicht wirklich gesehen und nur ein grausamer Albtraum. Doch sobald ich die Augen aufschlug, war alles wieder da. Der Schmerz ließ nicht nach. Raj war für mich da und versuchte, mich mit sinnlosen Partien Rummy abzulenken. Doch seine Freundschaft reichte nicht aus, um mir über das brennende Gefühl des Verlusts und die Niedergeschlagenheit hinweg zu helfen. Ich musste einen Weg finden, den Dingen zu entrinnen, die Kurmilla Freude bereitet hatten und mich deshalb ständig an sie erinnerten: den Geräuschen und den Gerüchen. Und vor allem musste ich dem Gellen in meinem Kopf Einhalt gebieten. Ich wollte nichts mehr fühlen und tat alles in meiner Macht Stehende, um diesen Zustand herbeizuführen.

Und so kam es, dass ich Anfang der sechziger Jahre Indien den Rücken kehrte. Ich tauschte Rikschas und Karren gegen schwarze Taxis und rote Busse ein, *kasava mundus* gegen Miniröcke, Sitarklänge gegen psychedelische Musik und eine rote Landschaft gegen fruchtbares Grün: England. Einer meiner Professoren wollte wegen eines Forschungsprojekts dorthin und erwählte mich zu seinem Assistenten. Der gewaltige Kulturschock war das Beste, was mir passieren konnte, da mich die vielen neuen Eindrücke ablenkten.

All die Wochen, die ich Sendungen auf All India Radio verfolgte, um mich an den britischen Akzent zu gewöhnen, all die Wochen, die ich mit Vokabelpauken verbrachte, als ich erfuhr, dass ich für die Stelle in England ausgesucht worden war, ja, all die Bemühungen entpuppten sich als vergebliche Liebesmüh, als ich meine ersten Engländer reden hörte. Die Leute sprachen nämlich nicht wie die Queen, sondern klangen völlig anders. Der Fairness halber muss ich einräumen, dass sie mich auch nicht verstehen konnten. Aber sie schenkten mir, dem exotischen Kuriosum, ihre Zeit und begegneten mir mit Gastfreundlichkeit und Höflichkeit. Leider galt das nicht für alle ihre Zeitgenossen und erstreckte sich nicht auf meine vielen Landsleute, die im Laufe der nächsten Jahrzehnte noch hier einwandern sollten.

Von Anfang an gab ich mir Mühe, mich in England zu verlieben. Alles war so wohlhabend und grün und voll von den verschiedensten Ideen und Konzepten. Außerdem waren die Menschen sehr höflich. Ich war so begeistert von der U-Bahn, dass ich tagelang ziellos in London herumfuhr und die beeindruckenden Sehenswürdigkeiten besichtigte, von denen ich als Kind gelesen hatte: Big Ben und die Residenz der Queen. Alles war so viel größer und besser hier. Die Gehwege waren eben, und auf den breiten Straßen floss der Verkehr in geordneten Bahnen. Außerdem gab es Gärten, Parks, Kinos und eine Unmenge verschiedener Sorten von Obst und Gemüse, alles fein säuberlich ausgestellt in Lebensmittelläden.

An der Universität, wo ich studierte und meinem Professor zur Hand ging, wurde ich von den anderen Studenten zu Partys eingeladen. Dort entdeckte ich die Musik und knüpfte Freundschaften. Wir tanzten bis zum Morgengrauen – zum Alleinsein blieb keine Zeit. In London gab es kein öffentliches Leben, wie ich es gewohnt war, denn die Leute hielten sich nicht ständig auf der Straße auf, um dort zu kochen und ihre Sachen zu waschen. Außerdem war die Stadt verglichen mit dem geschäftigen Treiben in Kerala recht ruhig. Und dennoch gelang es mir hier, die Leere zu füllen. So verging das Jahr wie im Fluge. Es war Zeit, nach Kerala zurückzukehren.

Mir graute schon davor, und ich zählte die Tage, die ich noch hatte, bevor ich wieder in mein schwarzes Loch musste. Also sprach ich mit meinem Professor und fragte ihn, ob es vielleicht möglich sei, die nötigen Papiere aufzutreiben, damit ich hier bleiben, meine bisherigen Abschlüsse anerkennen lassen und den letzten Teil meines Medizinstudiums in England beenden könne. Er erwiderte, er kenne ein paar Leute, die sich möglicherweise für mich verwenden würden.

Er werde sehen, was sich machen ließe. Ich glaube, wenn es ihm nicht gelungen wäre, hätte ich mein Studium abgebrochen und mir in London irgendeinen Job besorgt, nur um nicht fort zu müssen. Doch einige Tage, bevor diese Entscheidung anstand, suchte er mich am Abend auf und teilte mir mit, die Angelegenheit sei geregelt. London würde von nun an mein Zuhause sein. Ein Neuanfang.

Allerdings musste ich aus meinem Studentenwohnheim ausziehen, und außerdem wurden meine Lebenshaltungskosten nicht mehr von einem Stipendium gedeckt. Erst jetzt wurde mir so richtig klar, wie unglaublich teuer hier alles war. So ganz ohne Geld waren die ersten Monate sehr schwer, sodass ich die Kälte, die ich bis dahin kaum bemerkt hatte, viel stärker wahrnahm. Allmählich machten sich Heimweh und Einsamkeit in mir breit. Mir fehlten die einfachen Dinge des Lebens, angefangen bei den auf der Straße herumstreunenden Kühen bis hin zu dem Geruch nach Holzrauch. Zum ersten Mal verstand ich, dass man dem, wovor man davonläuft, nicht entrinnen kann, ganz gleich, wohin man auch flieht. Es folgt einem überall hin und wird zum Teil der eigenen Person. Man hat nur die Möglichkeit, so zu tun, als sei es nicht vorhanden. Und meine Methode war, jede freie Minute mit Arbeit zu füllen.

Es gelang mir eine Stelle als Portier in einem Krankenhaus zu ergattern. Und dadurch fand ich wiederum einen Freund, einen netten Kerl namens Govinder, der mich mit einer asiatischen Wohngemeinschaft in Bayswater bekannt machte. Da dort ein Bett frei war, zog ich ein. Vier meiner neuen Mitbewohner waren Studenten, die anderen zwei hatten bereits einen Berufsabschluss. Doch obwohl wir alle Freunde wurden, fehlte mir etwas.

Im Laufe der Zeit heiratete einer meiner Mitbewohner nach dem anderen. Die meisten nahmen ein Mädchen von zu

Hause zur Frau, ein oder zwei auch Engländerinnen. Mehr und mehr zeigte sich die Leere. Und eines Tages hatte ich ein denkwürdiges Gespräch mit Govinder, das mein ganzes Leben verändern sollte.

Govinder wusste, dass ich schon einmal verheiratet gewesen war, fragte aber nie nach Einzelheiten. Und ich sprach auch nicht darüber. Das Einzige, was ich ihm je verraten hatte, war, dass ich nie nach Kerala zurückkehren würde, auch nicht, um mir eine Frau zu suchen. Govinder, der aus Goa nördlich von Kerala stammte, schlug mir vor, doch dort auf Brautschau zu gehen. Das sei, wie er sagte, die beste Lösung, denn die Frauen in Goa seien „westlicher" und hätten deshalb keine Probleme, sich in der britischen Kultur zurecht-zufinden. Govinder plante, bald nach Goa zurückzukehren, um seine Verlobte Meena zu besuchen. Er versprach, mir von dort Informationen über angesehene Familien zu schicken, die in Frage kämen und an einem Ehemann für ihre Tochter inter-essiert seien. Widerstrebend stimmte ich zu, denn ich dachte, dass es vielleicht an der Zeit war, endlich in die Zukunft zu schauen.

Einige Wochen später lag ein Brief von einem Colonel Vasco auf meiner Fußmatte. Darin befand sich ein Foto seiner Tochter Sheila. Lange Zeit betrachtete ich das Bild. Sie trug ein grünes Kleid und war nicht nur sehr hübsch, sondern hatte außerdem ein Lächeln, das sehr viel Wärme ausstrahlte. Obwohl ich lange darüber nachdachte, meldete ich mich nicht bei Vasco, denn ich hatte Bedenken wegen der vielen kultu-rellen Unterschiede zwischen uns. Stattdessen schob ich das Foto unter einige Papiere auf meinem Schreibtisch.

Irgendwann gelang es dem Foto von Sheila, sich aus dem Papierstapel heraus und wieder nach oben zu arbeiten, und so lehnte ich es an die Wand. Jeden Morgen beim Aufwachen sah ich ihr Gesicht. Vielleicht war es ja falsch von mir, aber ich malte mir aus, wie sie wohl sein mochte, sodass ich bald ein Bild von ihr im Kopf hatte, ohne ihr je begegnet zu sein. Und als ich mich dabei ertappte, wie ich mit dem Mädchen auf dem Foto sprach, beschloss ich, dass ich etwas unternehmen musste.

An einem kalten Wintermorgen setzte ich mich mit Colonel Vasco in Verbindung. Und zwei Tage später kaufte ich mir ein Flugticket nach Goa, in der Hoffnung, mich nach Gesetz und Tradition verheiraten und meine Braut – mit dem Einverständnis ihres Vaters – nach England bringen zu können.

Als ich auf Colonel Vascos Veranda saß, konnte ich einen Blick auf seine Tochter Sheila erhaschen. Obwohl ich schon einige Frauen kennengelernt hatte, hatte mich keine so angerührt wie Sheila. Voller Tatendrang und Lebenslust lief sie über den Hof und wirkte dabei so selbstbewusst, als könne nichts sie aus der Bahn werfen. Außerdem war sie eine elegante Erscheinung und hatte dunkelbraune Augen. Sie war es – die Frau, die ich mir beim Betrachten des Fotos vorgestellt hatte. Ich empfand sofort etwas für sie.

Ich verriet ihrem Vater nicht, dass ich schon einmal verheiratet gewesen war. Keine Ahnung, warum. Wahrscheinlich deshalb, weil ich diesen Teil meines Lebens auslöschen und von vorne anfangen wollte. Vielleicht wollte ich meiner neuen Frau ja auch die Verunsicherung durch eine Vergangenheit ersparen, die unwiederbringlich aus und vorbei war. Allerdings teilte ich Colonel Vasco mit, ich wolle meine Braut mit nach England nehmen, wo noch ein Jahr Medizinstudium vor mir lag. Er stimmte zu und meinte, das sei kein Problem. Sheila habe schon immer nach England gewollt. Es sei ihr größter Traum. Und wenn sie einverstanden sei, werde er eine offizielle Begegnung arrangieren.

Sheila roch nach den frischen Lilien, die sie im Haar trug. Bis heute erinnere ich mich an jeden Moment, wenn ich an einer von Menschen wimmelnden U-Bahnstation vorbeikomme, wo mich der kräftige Geruch der Lilien an einem Blumenstand innehalten lässt. Frische Lilien und ordentlich manikürte schlanke Finger, mit denen sie ständig ihr schüchternes Lächeln berührte. Finger, die meine Hand streiften, als sie mir etwas zu trinken reichte, und über meine Ungeschicklichkeit lachte. Ich stellte ihr viele Fragen, auf die ich die Antwort zu kennen glaubte. Sie antwortete und hatte selbst nur eine Frage an mich – und die lautete, ob mir Goa gefiele. Und da bat ich sie, meine Frau zu werden.

Nur wenige Gäste wohnten der Trauung bei. Raj reiste aus Kerala an, und ich freute mich, ihn zu sehen, denn unser letztes Treffen war fast vier Jahre her. Sheilas Mutter erkrankte leider und konnte deshalb nicht kommen. Doch ihr Vater machte ihr Fernbleiben wett, denn er stand stolz aufgerichtet mit Pistole und Schwert da. Auch ihre Schwester Sasha war dabei. Obwohl ich meine Frau wegen des Schleiers nicht richtig sehen konnte, spürte ich, dass sie ein wenig nervös, aber glücklich war. Ich nahm ihre Hände und hielt sie ganz fest. Alles würde gut werden. Ich würde für sie sorgen und sie beschützen.

Nach der Trauung mussten wir mit dem Auto nach Trivandrum fahren. Wie Raj mir mitgeteilt hatte, waren einige Papiere, die mein altes Haus freigaben, längst überfällig. Ich erinnere mich noch sehr gut an diese Autofahrt. Sheila redete wie ein Wasserfall und strotzte vor jugendlichem Überschwang. Ich kann gar nicht in Worte fassen, welche Zuversicht mir das einflößte. Doch als ich sie im Hotel zurückließ und mich um die Besitzurkunden kümmerte, wurde ich von einem heftigen Schuldgefühl ergriffen. Da ich so schnell wie möglich nach England wollte, fuhren wir schon am nächsten Tag zum Flughafen und stiegen in den Flieger.

Sheila verstummte, als wir in London landeten. Plötzlich verhielt sie sich kalt und abweisend, und daran hat sich seitdem nichts geändert. Ich weiß, dass es sicher nicht leicht für sie war, von ihrer Familie und ihren Freunden getrennt zu sein und in einem fremden Land zu leben. Außerdem arbeitete ich fast den ganzen Tag. Aber das tat ich doch nur für uns, um uns beide abzusichern. Vielleicht war es ja mein Fehler. Vielleicht hatte ich ja die Sheila aus meinen Gedanken geheiratet. Die Sheila, die meine Einsamkeit und Sehnsucht verstehen und alles besser machen würde. Eine Erwartung also, die kein Mensch je hätte erfüllen können.

Wenn ich spät abends aus dem Krankenhaus nach Hause kam, stand das Essen auf dem Tisch, und das Haus war blitzsauber. Aber meine Frau sprach nicht mit mir und schenkte mir keine Wärme. Sie tat nur ihre Pflicht. Also arbeitete ich noch mehr, um mich vor dem Schweigen zu flüchten, das von den Wänden unseres Hauses widerhallte.

Alles änderte sich, als Sheila schwanger wurde.

Mit der Nachricht, dass sie ein Baby erwartete, fing unsere Ehe eigentlich erst richtig an. Sheila war überglücklich und fand endlich etwas Zeit, um mich zu lieben. Meine Schuldgefühle, weil ich eine andere geheiratet hatte, legten sich allmählich, denn ich war sicher, dass man mir eine zweite Chance gegeben hatte. Deshalb strengte ich mich wirklich an, bei meiner Frau zu sein und sie von Herzen zu lieben, ohne Reue und ohne die Befürchtung, ich könnte ein Verräter sein. Und als ich sie liebte, verwandelte sie sich in die Frau, für die ich sie eigentlich immer gehalten hatte.

Wir verbrachten viele Stunden miteinander, lernten uns richtig kennen und schmiedeten Zukunftspläne. In diesen vertrauten Momenten hätte ich ihr beinahe von Kurmilla erzählt. Aber ich wollte das, was gerade zwischen uns entstand, nicht verderben. Es fiel mir nicht leicht, denn sie vertraute mir Dinge an, die ihr sicher sehr zu schaffen machten. Sie schilderte mir ihre Kindheit und das, was ihr Vater ihr angetan hatte. Wie gerne hätte ich geantwortet, dass ich gut verstünde, wie es sei, nicht geliebt zu werden. Meine Mutter habe mich nicht einmal als ihren Sohn anerkannt, und als ich von ihrem Tod erfahren hätte, hätte ich nichts empfunden. Stattdessen berichtete ich ihr von meinen Brüdern, die fortgezogen seien, sodass wir einander aus den Augen verloren hätten. Nur, dass das alles nicht wichtig sei, denn nun sei sie alles für mich – meine Familie.

Wie ich herausfand, hatte sie mich zu Anfang unserer Ehe angeschwiegen, weil sie sich von mir betrogen gefühlt hatte. Colonel Vasco hatte nämlich ganz vergessen zu erwähnen, dass sie mir nach London folgen würde. Als wir uns, ihr Kopf auf meinem Schoß, auf dem Sofa aneinander kuschelten, erklärte ich ihr, ich hätte sie nicht belogen. Sie lachte darüber, und ich fügte hinzu, das spiele keine Rolle mehr. Solange wir drei nur zusammen seien, sei der Ort nicht weiter wichtig.

Führt man ein Ereignis erst herbei, indem man eine Heidenangst davor hat? Womöglich lag es ja an mir. Vielleicht hatten die anderen ja damals recht gehabt: Ich war geboren, um Unglück zu bringen. Oder musste ich jetzt dafür büßen, dass ich dem Mothalali das Kind weggenommen und es nicht beschützt hatte? Was, wenn ich mehr Zeit mit Kurmilla verbracht hätte? Hätte ich dann vielleicht bemerkt, wie es um sie stand? Oder war es die Strafe dafür, dass ich angefangen hatte, eine andere Frau von Herzen zu lieben?

Ich empfand keine Trauer, als man mir mitteilte, unser Kind habe nicht geschrien und werde auch niemals schreien. Offen gestanden war ich nicht fähig, irgendetwas zu fühlen. Ich spürte weder Schmerz, weil ich meinen Sohn verloren hatte, noch bemerkte ich, dass Sheila mir entglitt und in den Tiefen ihrer eigenen Gefühle versank. Stattdessen nahm ich das Leben, wie es war, und machte weiter.

Die Ankunft von Sheilas Schwester Sasha war eine willkommene Abwechslung in unserem unter Hochspannung stehenden Haushalt. Viele Wochenenden verbrachte ich auf

Campingplätzen, wo ich sie aus irgendeiner schwierigen Lage retten musste, in die sich selbst hineinmanövriert hatte. Die beiden Schwestern hatten ein sonderbares Verhältnis: Sasha bewunderte Sheila sehr, während Sheila sie ignorierte. Allerdings ignorierte Sheila die meisten Menschen. Und je mehr Sasha ignoriert wurde, desto mehr schlug sie über die Stränge.

An Sheilas vierzigsten Geburtstag bestand Sasha darauf eine Überraschungsparty zu organisieren, und trommelte alle unsere Freunde und Verwandte zusammen. Ich hätte Verdacht schöpfen müssen, als sie die Gäste bat, ihre Kinder zu Hause zu lassen. Doch mit so etwas hätte ich trotzdem niemals gerechnet. Wir saßen alle in der Dunkelheit und hörten, wie Sheila den Schlüssel ins Schloss steckte. Dann wollte eine unbekannte Stimme von Sheila wissen, ob sie in diesem Haus wohnte. Sasha fing an zu kichern. Die Stimme, es war ein Mann, fügte hinzu, sie müsse Sheila einige Fragen stellen. Als sie eintrat, gingen die Lichter an – und sie stand neben einem Polizisten. Musik setzte ein, und zum allgemeinen Entsetzen begann der Polizist zu strippen. Während er sie umtänzelte, wünschte er ihr alles Gute zum Geburtstag. Nach diesem Zwischenfall forderte Sheila Sasha auf, sich eine Straße weiter eine Wohnung zu nehmen.

Ich hingegen konnte Sasha nicht böse sein, denn ich verstand ihr Bedürfnis, alles zu tun, um sich die Aufmerksamkeit ihrer Schwester zu sichern. Wenn das bedeutete, laut zu sein und sich in den Vordergrund zu drängen, tat sie es eben. Und wenn dazu schlüpfrige Witze nötig waren, erzählte sie jeden, den sie auf Lager hatte, begleitet von brüllendem Gelächter. Vielleicht hoffte sie ja, dass dieses Lachen auf Sheila ansteckend wirken und die Mauer durchdringen würde, mit der sie alle aussperrte. Doch stattdessen entfernte sich ihre Schwester deshalb nur noch weiter von ihr.

Ich vermisste Sasha, obwohl sie nicht weit weg wohnte. Denn mit ihr zogen auch die Unberechenbarkeit und die schlechten Scherze aus, und das Schweigen kehrte zurück.

Gut, es war nicht so schlimm wie zu Anfang unserer Ehe, allerdings nicht zu übersehen.

Ich wollte wirklich nicht lügen. Wenn ich nicht die ganze Wahrheit gesagt habe, dann nur, um Sheila zu schützen. Allerdings habe ich festgestellt, dass eine in der Luft hängende Halbwahrheit irgendwann zu mutieren beginnt. Sie gerät ins Rutschen und wirbelt herum, bis man sie nicht mehr bändigen kann. Schweigen war mein einziger Weg, sie in Schach zu halten. Raj leitete ein Telegramm von Thampurathi an mich weiter, das an die alte Adresse gegangen war. Der Postbote läutete an unserer Tür, um es uns zu überreichen. Noch ehe ich Gelegenheit hatte, zu begreifen, was da stand, blickte Sheila mir schon über die Schulter.

NIRMILLA UND RAMAN TOT. KIND BEI UNS.

Vier Wörter sprangen mir entgegen und lösten ein wahres Gefühlkarussell in mir aus. Eine Frage von Sheila brachte es zum Stehen:

„Wer sind Nirmilla und Raman?“

Wieder eine Lüge: „Mein Bruder und seine Frau.“

„Wer ist das Kind?“

Ich wusste nicht einmal, ob es ein Junge oder ein Mädchen war. „Ihr Kind“, antwortete ich und musste zum Tisch gehen, um mich zu setzen.

„Das mit deinem Bruder tut mir sehr leid, Bali.“

Ich nickte.

„Thampurathi?“, fuhr sie fort.

„Nirmillas Mutter. Die Großmutter des Kindes.“ Sheila nahm mir gegenüber Platz und legte die Hand auf meine. „Bali, verstehst du denn nicht? Sie will, dass du hinfliegst und das Kind holst“, flehte sie.

„Nein.“ Eine Flut von Gegenargumenten schlug über mir zusammen.

„Du musst. Wir müssen. Es ist Vorsehung.“

„Nein!", rief ich.

Ich erhebe sonst nie die Stimme. Sheila bedachte mich mit einem gekränkten Blick und nahm die Hand weg.

Mit meinem entschlossenen Nein hielt wieder das Schweigen Einzug in unser Haus. Etwa anderthalb Jahre später wurde es gebrochen, als ein zweites Telegramm eintraf, in dem ich gebeten wurde, zu kommen und das kleine Mädchen abzuholen.

Als ich in Trivandrum landete, war mein Magen in Aufruhr. Erst hatte ich ihnen die Tochter weggenommen, und nun würde ich ihnen auch noch das Enkelkind wegnehmen. Ein sehr alt gewordener Pinnie erwartete mich mit einem nahezu schrottreifen Auto, das kaum noch fuhr. Zur Verstärkung hatte er seinen Sohn Vishan mitgebracht. Er hielt mir die Hand hin, begleitet von einem zahnlosen Lächeln.

„Der Mothalali?", fragte ich.

Er schüttelte den Kopf.

Auf der Fahrt nach Umbica Naravalam war es unangenehm heiß, sodass ich bald durchgeschwitzt war. Außerdem hatte ich solche unerträglichen Magenschmerzen, dass wir immer wieder anhalten mussten. Genau diese Strecke hatte ich vor so vielen Jahren zurückgelegt, als ich Thampurathi bestohlen hatte. Genau auf dieser Straße war ich mit Kurmilla zum Bahnhof gefahren. Ich hatte nicht gedacht, dass ich diese Reise je wieder würde machen müssen. Doch das Leben hat eben seine Mittel und Wege, einen Menschen zurück zu seinen Wurzeln zu führen, ganz gleich, wie sehr man sich auch dagegen sträubt.

Nach einer halsbrecherischen Fahrt den Berg hinauf kamen wir an Reisfeldern vorbei und erreichten schließlich das Dorf. Mein Herz begann noch heftiger zu klopfen. Alles erschien mir so viel kleiner als früher. Der Dorfteich war mit neuen Steinen ummauert, die viel höher waren als die alten.

„Einige sind ertrunken", erklärte Pinnie.

Der Tempel war weiß gestrichen. Außerdem hatte man eine der schattenspendenden Palmen gefällt und an ihrer Stelle einen gewaltigen Lautsprecher aufgestellt, um die Dorfbewohner zum Gebet zu rufen. Wir kamen am ehemaligen Haus meiner Mutter vorbei, das von Grund auf renoviert war. Nach den aufgehängten Wäschestücken zu urteilen, lebte jetzt eine junge Familie darin. Ich hoffte, dass sie mehr Glück haben würde als wir damals. Dann dachte ich an meine Brüder. Daran, wo sie jetzt sein mochten und was sie wohl taten. Ich wurde von Rührung ergriffen und wäre am liebsten umgekehrt.

Oben auf dem Hügel betätigte Pinnie die Hupe, worauf ein kleiner Dienerjunge erschien und uns das verrostete Tor öffnete.

Die Mühle drehte sich nicht mehr, und das schon seit einer geraumen Weile. Es gab zwar viele Kuhställe, aber nur noch eine Kuh. Die Bananenbäume standen noch da und waren höher und ausladender geworden. Und dann sah ich sie. Sie saß dort, wo sie immer saß. Thampurathi schaukelte auf ihrem Schaukelstuhl auf der Veranda hin und her, zur Hälfte ihrer früheren Größe geschrumpft und ohne Zähne. Auch der makellose Sari war verschwunden. Stattdessen trug sie eine ausgewaschene Bluse, einen Lungi und ein altes Umschlagtuch. Ich biss mir auf die Lippe.

Mühsam stand sie auf. Und in diesem Moment waren hinter der Tür Fußgetrappel und Rufe zu hören: „Ammamma!"

Ein kleines Mädchen kam angerannt und hielt an der Kante der Veranda inne, um das Gleichgewicht nicht zu verlieren. Dann lief sie zu ihrer Ammamma. Während sie mich begrüßte, klammerte sie sich an den Lungi meiner Großmutter.

„Das ist dein Onkel", sagte Thampurathi zu dem Mädchen.

Ich holte tief Luft. Vor mir stand das Ebenbild meiner Frau, wie sie als Kind ausgesehen hatte. Tränen traten mir in die Augen, sodass ich mich abwenden und tun musste, als wolle ich die mitgebrachten Geschenke aus dem Auto holen.

Ich streckte dem Kind die Sachen hin.

„Molu, bedanke dich bei deinem Onkel", sagte Thampurathi und setzte sich wieder.

„Danke", rief die Kleine, stürmte auf mich zu, raffte alles an sich und flüchtete sich zurück zu ihrer Großmutter.

„Weißt du noch, Molu? Ich habe dir doch erzählt, dass der Onkel dich heute an einen schönen Ort bringt", begann Thampurathi.

„Kommst du denn nicht mit, Ammamma?", schluchzte die Kleine.

„Nein, heute nicht", erwiderte ihre Großmutter. „Und jetzt geh rein und hol deine Puppe, damit du sie dem Onkel zeigen kannst."

Als Molu im Haus verschwunden war, wandte Thampurathi sich an mich. Sie wirkte sehr zart und gebrechlich.

„Es ist besser, wenn du nicht bleibst. Nimm sie und geh wieder." Ihre Stimme zitterte.

Ich bekam einen Kloß in der Kehle. „Wir werden alles für sie tun."

„Was ist mit deiner Frau? Versprichst du mir, dass sie das Mädchen lieben wird wie ihr eigenes Kind?" Sie kämpfte mit den Tränen.

Ich nickte.

„Thampurathi, ich bin ... es tut mir so entsetzlich leid. Es vergeht kein Tag, an dem ich nicht an sie denken würde."

Sie wollte antworten, doch da erschien Molu mit ihrer Puppe.

„Sie heißt Nirmilla, nach meiner Amma. Ammamma sagt, du wärst gut mit ihr befreundet gewesen."

„Ja, das war ich. Sehr gut befreundet", erwiderte ich und zwang mich zu einem Lächeln.

„Molu, wir wollen ins Haus gehen und den Rest deiner Sachen holen." Thampurathi stemmte sich hoch. Als ich ihr helfen wollte, winkte sie ab, und die beiden verschwanden im Haus.

Die Vorstellung, dass Thampurathi nun die letzten Minuten mit ihrer Enkelin verbrachte und ihr Abschiedsworte mit auf den Weg gab, brach mir das Herz. Ganz sicher würde das Kind noch viele Jahre lang versuchen, sich diese Worte ins Gedächtnis zu rufen und sie immer wieder Revue passieren lassen. Tränen strömten mir übers Gesicht. Aber ich musste stark bleiben. Schließlich war ich jetzt für ein Kind verantwortlich.

Kurz darauf kamen beide aus dem Haus. Molu hatte sich umgezogen und umklammerte den roten Luftballon, den ich ihr geschenkt hatte. Thampurathi trug ihr Gepäck. Als sie mir die Sachen reichte, konnte sie mir nicht in die Augen sehen. Ich griff nach Molus kleiner Hand, und es gelang mir, sie ganz vorsichtig zum Auto zu führen.

„Ammamma, bin ich bald zurück?", rief sie.

Thampurathi trat ans Auto und küsste sie. „Bald, Molu, bald", antwortete sie. Dann schob sie ihr Umschlagtuch durch das offene Fenster. „Vielleicht brauchst du es ja, meine Kleine. Dir könnte kalt werden."

Und dann drehte sie sich zu mir um. „Achte auf sie, mein Sohn, achte auf sie", sagte sie.

Die Einzelheiten der Fahrt und unserer Heimreise sind etwas, das man besser vergisst. Obwohl ich mein bestes tat, um Molu zu beruhigen und ihr alles zu erklären, schluchzte sie bitterlich, bis sie sich irgendwann in den Schlaf weinte.

Sheila empfing uns an der Tür. Molu starrte sie nur völlig entgeistert an und brach wieder in Tränen aus. Sie weinte jeden Tag, und zwar eine lange Zeit. Irgendwann verwandelten die Tränen sich dann in Wut und sie sagte und tat viele Dinge, mit denen sie uns kränkte. Wir hatten keine Antworten darauf, und es gelang uns nicht, eine abgeklärte Haltung dazu einzunehmen. Sheila kümmerte sich um alles, und obwohl ihre Beziehung von Konflikten geprägt war, sah jeder auf den ersten Blick, dass sie einander liebten. Sie klammerten sich so verzweifelt aneinander, dass kein Raum für eine dritte Person blieb. Also ging ich zur Arbeit, um sie mit allem zu versorgen, was sie brauchten.

Vieles, was Molu tat – wie zum Beispiel ihre Art zu tanzen und zu singen –, erinnerte mich an ihre Mutter. Außerdem war sie darin, wie sie lachte oder den Kopf zur Seite neigte, Kurmilla unglaublich ähnlich. Wenn sie Malayalam sprach, hörte ich manchmal die Stimmen aus meiner Kindheit, und die Erinnerungen stürmten auf mich ein. Ich schwelgte in ihnen und war selig. Dennoch hielt ich Abstand, nicht weil diese Erinnerungen schmerzhaft gewesen wären. Nein, ich glaube, es lag eher daran, dass ich nicht wagte, Molu zu nah zu kommen. Wenn ich sie an mich heranließ, bestand Gefahr, dass ich sie auch verlor. Schließlich zerstörte ich alles, was ich berührte.

Es fällt mir nicht schwer, über die Hartnäckigkeit des Todes zu sprechen. Krankenhausweiß, erfüllt vom Geruch nach Narkosemitteln. Mit den Angehörigen im Besprechungszimmer. Die Erläuterung der Todesursache, mein aufrichtiges Beileid. Für Sentimentalitäten ist kein Platz. Im Gegensatz dazu habe ich Mühe, das Zusammenleben von uns dreien zu schildern. Ich erinnere mich nicht an die Farbe von Molus Schuluniform oder an ihre Lieblingsfächer, ihr Lieblingsessen oder woher diese ständige Musik kam.

Selbst an den Wochenenden waren wir nicht wirklich zusammen. Wenn es in der Familie Probleme gibt, puffern sich die Mitglieder mit Ausflügen und Mahlzeiten gegeneinander ab.

. . .

Und dann, plötzlich, stehe ich vor einer ausgewachsenen Nirmilla, die mich Papa nennt. Ich kann mich nur fragen, was aus all den Jahren geworden ist. Ob ich meine Pflicht getan habe. Habe ich mein Versprechen an Thampurathi gehalten? Wird sich jemand um Molu kümmern und sie ernähren, wenn wir einmal nicht mehr sind? Für viele mag das komisch klingen, aber das sind meine Gedanken, wenn ich ihr Gesicht vor mir habe.

Sie trägt Jeans und T-Shirt und spricht Englisch mit mir. Ohne den Hauch eines Akzents, der auf ihre Herkunft hinweist. Ich bekomme es mit der Angst zu tun. Hat sie Indien womöglich vergessen? Interessiert es sie überhaupt? Wird sie vielleicht irgendwann hinreisen, zurückkehren und uns erzählen, wie schmutzig, unhygienisch und sonderbar es dort ist? Die Traditionen und die Kultur, die sie geprägt haben – wer wird sie verstehen?

Irgendwo zwischen den Träumen von Liebe und einem glücklichen Ende und der in praktischen Dingen verhafteten Beständigkeit, wo es kein wirkliches Auf und Ab gibt, habe ich ihn gefunden. Avinash stammte aus einer guten Familie, war in London geboren und arbeitete als Anwalt im Finanzdistrikt. Da die beiden gut zusammenzupassen schienen, stellte ich sie einander vor.

Einige Monate nach ihrer ersten Begegnung hielt er bei mir um ihre Hand an. Ich kann gar nicht sagen, wie sehr wir uns freuten. Im folgenden Sommer sollten sie heiraten. Und dann, drei Monate vor der Hochzeit, teilten Sheila und Molu mir mit, alles sei abgesagt. Und Molu verkündete, sie werde ausziehen und auf die Schauspielschule gehen. Ich sah Sheila an, in der Erwartung, sie werde das Problem aus der Welt schaffen. Aber sie tat es nicht.

In diesem Moment wurde mir klar, dass sich etwas in unserer Dynamik geändert hatte. Dass unsere Tochter uns befreit hatte, einfach indem sie war, wie sie war. Wahrscheinlich gab sie uns damit auch die Erlaubnis, ebenfalls wir selbst zu sein. Kurz nach ihrer Rückkehr aus Kerala zog Parvati aus, und zwar mit den Worten: „Papa, es geht mir gut. Es wird mir immer gut gehen." Zwei Tage später verließ mich Sheila. Ich las den Brief, den sie für mich auf den Küchentisch gelegt hatte. Am nächsten Tag ging ich wieder zur Arbeit

Jeden Tag behandle ich Patientinnen mit inneren Blutungen. Einige schaffen es nicht; andere werden nach Hause entlassen, um sich zu erholen. Heute Morgen brachte ein junger Mann von fünfundzwanzig Jahren seine schwangere Frau zu mir. Verzweiflung malte sich in seinem Gesicht, als er mich an den Schultern packte. „Sie muss durchkommen, Doktor", flehte er mich an. „Sie muss einfach. Es ist unser erstes Kind." Während eine der Krankenschwestern ihn wegführte, hörte seine Frau auf zu atmen und starb ohne einen Laut.

Als ich ins Wartezimmer für Angehörige trat und den Kopf schüttelte, bekam er einen Weinkrampf, wie ich ihn noch nie bei einem anderen Menschen erlebt habe. Schreiend warf er sich auf den Boden und fing an, sich die Haare auszureißen. Ich bat die Schwester, uns allein zu lassen. Dann streckte ich meine Hand aus und berührte ihn damit am Kopf. Und da floss sie ganz friedlich in mich hinein. Die Fähigkeit, etwas zu empfinden: Anteilnahme. Ich saß neben ihm, hielt ihn fest und spürte seinen Schmerz. Wir weinten. Zusammen.

Es war ein sehr schwieriger Tag. Nun sitze ich in unserem Garten auf der Terrasse und betrachte alles um mich herum. Es ist so grün. Überall ist es grün. Inzwischen ist Sheila seit drei Wochen fort, und ich vermisse sie. Ich vermisse sie wirklich. Es ist so still im Haus. Keine in einem Wutanfall geworfenen Töpfe, keine Musik, kein läutendes Telefon. Kein Duft aus der Küche. Ich vermisse auch ihr Schweigen.

Ich habe eine Postkarte von einem Strand in Goa bekommen, auf der „Mir geht es gut" steht. Das ist die erste wirkliche Nachricht von ihr, die vor etwa einer Woche eintraf. Die Postkarte lehnt vor mir und betrachtet alles, was so grün ist. Grün wie das Kleid auf dem Foto von Sheila, das ich vor all den Jahren vor mir aufgestellt habe. Nur, dass ich diesmal nichts erwarte. Inzwischen habe ich mich mit meiner Lebenssituation abgefunden. Vor kurzem habe ich ein Buch über eine Frau gelesen, die Witwe geworden ist. Mit lackierten Fingernägeln sitzt sie am Sarg ihres Mannes und flüstert: „Jetzt fängt mein Leben an." Soll alles also so enden?

Stimmt es, dass man das anzieht, was man am meisten fürchtet? Ich blicke der Einsamkeit direkt ins Gesicht. Einsamkeit, erfüllt von allem, was die Zurückweisung so mit sich bringt. Ich sehe sie ganz deutlich. Doch das Seltsamste daran ist, dass sie mich offenbar all die Jahre begleitet hat. Nun habe ich ihre hässliche Fratze deutlich vor mir, und eigentlich ist es gar nicht so schlimm.

Jedenfalls habe ich gelernt, dass alles mit zunehmendem Alter nur um so verwirrender wird. Also sollte man die Klarheit der Jugend nutzen, die außerdem mit so viel Tatendrang einhergeht. Vielleicht möchte ich hinzufügen, dass man versuchen muss, sein Herz nicht zu verschließen, ganz gleich, was einem auch im Leben widerfährt. Wem das nicht möglich ist, der soll wenigstens eine kleine Lücke freilassen, damit dieser Raum irgendwann wachsen kann. Denn ein verschlossenes Herz wird immer leer bleiben, auch wenn ihm noch so viel geschickt wird, das es erfüllen könnte. Ich habe dem nichts mehr hinzuzufügen, denn ich bin sehr müde. Des Angsthabens müde und es außerdem leid, mich wegen Dingen zu zermürben, die eintreten könnten oder auch nicht. Ich habe das Grübeln satt.

„Geh und folge ihr, Bali. Sag es ihr. Wage es, zu lieben und verletzt zu werden. Komm, folge mir."

Ich sehe ihn erst zum zweiten Mal. Damals hat er vor meinen Augen getanzt und ist dann fortgelaufen.

Ich saß noch eine Weile da und ging dann meinen Koffer holen. Als ich ihn ausräumte, stieß ich auf ein Foto. Es zeigte eine junge Frau in einem grünen Chiffonkleid, in deren Augen sich so viele Hoffnungen und Erwartungen spiegelten.

„Verzeih mir", flüsterte ich ihr zu.

Es war Zeit, aufzubrechen und meine Frau nach Hause zu bringen.

ANMERKUNG DER AUTORIN

An einem kalten Dezembertag im Jahr 1999 konnte ich kurz einen Blick auf den Traumtänzer erhaschen. Er sprang aus einem Fenster und forderte mich auf, ihm zu folgen. Dabei hielt er meinen Traum, Schriftstellerin zu werden, in seinen Händen.

Da ich befürchtete, den Verstand zu verlieren, wehrte ich mich erst gegen diese Berufung, fuhr zur Arbeit und schrieb nur in gestohlenen Momenten, während ich in der U-Bahn saß. Und dann, eines Tages, kurz nachdem ich den Traumtänzer gesehen hatte, spürte ich, dass da noch mehr sein musste. Ich kündigte meine Stelle und beschloss, zu gehen, wohin er mich führte.

Manchmal erschien mir diese Reise nicht durchführbar, und es gab viele Momente, in denen ich an meiner Entscheidung zweifelte. Doch ich hörte nicht auf diese Zweifel, denn ich glaubte fest daran, dass sich irgendwann alles fügen würde.

Masala: Drei Träume ist das Ergebnis dieses Traums. Damals ahnte ich noch nicht, welche Hindernisse ich würde überwinden müssen, um dieses Buch zu veröffentlichen. Anderenfalls wäre ich wohl schnurstracks an meinen Arbeitsplatz zurückgekehrt.

Nach einigen Absagen verschiedener Verlage, setzte ich alles auf eine Karte und beschloss, *Masala* im Selbstverlag herauszubringen. Da ich kein Geld für PR hatte, erfand ich ein Alter Ego namens Pru und rührte unter diesem Pseudonym schamlos die Werbetrommel für meinen Roman. Nach zwei Jahren Achterbahnfahrt gelang es mir, *Masala* in die Bestsellerlisten zu hieven, und ich unterschrieb einen Vertrag über drei Bücher bei einem international tätigen Verlag. Mein Alter Ego wurde übrigens für die Auszeichnung „Publicist of the Year" vorgeschlagen!

Ich schrieb *Koriandergrün und Safranrot* und *Der Duft der Farben*. Und dann hörte ich auf zu schreiben. Das lag daran, dass sich eine ganze Reihe von Ereignissen in einem sehr kurzen Zeitraum ballte: Tod, Geburt, Hochzeit. Ich beschloss, meine gemütliche Komfortzone nicht mehr zu verlassen. Die Geborgenheit verhinderte, dass ich Risiken einging. Sie hielt mich von Enttäuschungen fern. Und vom Scheitern.

Inzwischen habe ich herausgefunden, dass man irgendwann vor einem Haufen zerbrochener Träume steht und kein Universum mehr erkunden kann, wenn man zu sehr auf Nummer sicher geht. Die Welt schnurrt immer mehr zusammen, und man hört auf zu träumen. Und ehe man sich versieht, landet man auf der anderen Seite. Bei denen, deren Motto „das geht nicht" lautet.

Einige Jahre später erschien mir der Traumtänzer und forderte mich wieder auf, ihm zu folgen. Ich hatte ein Stück über eine Frau geschrieben, die sich vormacht, in ihrem Leben sei alles perfekt. Doch als sie sich die Wahrheit eingesteht, fällt dieses Leben immer mehr auseinander. Niemand wollte dieses Stück inszenieren.

Obwohl ich noch nie auf der Bühne gestanden hatte, mietete ich ein Theater in London und inszenierte es selbst. Ich spielte alle zwanzig Rollen. Die Vorstellungen waren ausverkauft, und aus dem Stück wurde ein Roman mit dem

Titel *Die Freischwimmerin*. Inzwischen wurden die Fernseh-
rechte verkauft.

Ich habe gelernt, dass man Mut braucht, um seinen
Träumen zu folgen. Dass es nie zu spät dafür ist. Und immer,
wenn man glaubt, dass alles aus ist, fängt es erst richtig an ...

Meinen Leserinnen und Lesern danke ich dafür, dass sie
dem Traumtänzer – und mir – bis hierhin gefolgt sind.

September 2024

Meine weiteren Romane:
Koriandergrün und Safranrot
Der Duft der Farben
Die Freischwimmerin

Über die Autorin

Preethi Nair wurde 1971 in Kerala in Südindien geboren. Sie ist in London aufgewachsen, wo sie heute noch lebt. Sie hat zunächst als Unternehmensberaterin gearbeitet, gab diesen Beruf aber auf, um ihren Traum zu verwirklichen und Bücher zu schreiben. Als das Manuskript zu ihrem ersten Roman "Gypsy Masala" von Verlagen abgelehnt wurde, gründete sie kurzerhand ihren eigenen Verlag und warb unter einem Pseudonym für ihr Werk. Sie schaffte es, den Roman auf eigene Faust in die Bestsellerliste zu bringen und landete anschließend einen Vertrag für drei weitere Bücher mit HarperCollins, einem der weltweit größten Verlage.

Ihre Romane „Koriandergrün und Safranrot" sowie „Der Duft der Farben" haben in Deutschland viele Leser*innen begeistert.

Ihr neuestes Buch, „Die Freischwimmerin" war zunächst als Theaterstück und One-Woman-Show konzipiert. Jetzt wird der Roman als TV-Serie adaptiert.

Mehr Informationen unter:
www.preethinair.com

facebook.com/sarithewhole5yards

instagram.com/writerwala

linkedin.com/in/preethi-nair-keynote-speaker-author-md-29471a4

Weitere Bücher von Preethi Nair:

Koriandergrün und Safranrot
Der Duft der Farben
Die Freischwimmerin